智元微库
OPEN MIND

成 长 也 是 一 种 美 好

大吃一顿，大笑一场

[新加坡]

蔡澜 著

人民邮电出版社

北京

图书在版编目（CIP）数据

大吃一顿，大笑一场 ／（新加坡）蔡澜著. -- 北京：
人民邮电出版社，2024.3
ISBN 978-7-115-62849-7

Ⅰ. ①大⋯ Ⅱ. ①蔡⋯ Ⅲ. ①散文集—新加坡—现代
Ⅳ. ①Ⅰ339.65

中国国家版本馆CIP数据核字(2023)第190918号

版权声明

◆   著 ［新加坡］蔡 澜
      责任编辑 王铎霖
      责任印制 周昇亮

◆ 人民邮电出版社出版发行   北京市丰台区成寿寺路 11 号
  邮编 100164   电子邮件 315@ptpress.com.cn
  网址 https://www.ptpress.com.cn
天津千鹤文化传播有限公司印刷

◆ 开本：880×1230 1/32
  印张：8   2024 年 3 月第 1 版
  字数：200 千字   2024 年 3 月天津第 1 次印刷

著作权合同登记号 图字：01-2023-2487 号

定价：69.80 元
读者服务热线：（010）67630125   印装质量热线：（010）81055316
反盗版热线：（010）81055315
广告经营许可证：京东市监广登字 20170147 号

吃得好一点，睡得好一点，多玩玩，

不羡慕别人，不听管束，

多储蓄人生经验，死而无憾，

这就是最大的意义吧，一点也不复杂。

蔡澜先生 1941 年出生于新加坡，祖籍广东潮州。父亲蔡文玄去南洋谋生，常望乡，梦见北岸的柳树，故取笔名"柳北岸"；蔡澜生于祖国之南，父亲为其取名"蔡南"，为避家中长辈名讳，改为"蔡澜"。蔡澜先生戏称，自己名字谐音"菜篮"，因此一生热爱美食。

蔡澜先生拥有许多身份，他是电影监制、专栏作家、主持人、美食家；他交友众多，与金庸、黄霑、倪匡并称"香港四大才子"；他爱好广泛，喝酒品茶、养鸟种花、篆刻书法均有涉猎；他活得潇洒，过得有趣，曾组织旅行团去往世界各地旅行游历，不少人认为他也是难得的生活家。

春节前后，蔡澜先生开放微博评论回复网友提问，不少网友将日常纠结、内心困惑、生活难题和盘托出，等待蔡澜先生解惑。面对网友，蔡澜先生智慧而不说教，毒舌但不高傲，渊博而不卖弄；面对读者，他诉说旅行见闻，介绍美食经验，回顾江湖老友，分享人生乐事。隔着屏幕，透过纸页，蔡澜先生用诙谐有趣的语言和鞭辟入里的观点收获了很多年轻人的喜爱。

读他
通透，豁达，
活得潇洒

提到蔡澜，很多人会想到"香港四大才子"。金庸先生生前常与蔡澜先生同游，他这样评价这位朋友："我现在年纪大了，世事经历多了，各种各样的人物也见得多了，真的潇洒，还是硬扮漂亮，一见即知。我喜欢和蔡澜交友交往，不仅仅是由于他学识渊博、多才多艺、对我友谊深厚，更由于他一贯的潇洒自若。好像令狐冲、段誉、郭靖、乔峰，四个都是好人，然而我更喜欢和令狐冲大哥、段公子做朋友。"

金庸先生是蔡澜先生年少时的文学偶像，他们后来竟成了朋友。蔡澜先生总说："怎么可以把我和查先生并列？跟他相比，我只是个小混混。"四个人中，蔡澜先生年纪最小，因此他不得不一次次告别老友。书里写他与众多友人的欢聚时刻，多年后友人也渐渐远行。蔡澜先生喜爱李叔同的文字，这一路走来，似乎印证了"天之涯，地之角，知交半零落"这句歌词，但这似乎又不符合他的心境，因为当网友问到"四大才子剩你一人，你是害怕多一点还是孤独多一点"时，蔡澜先生回道："他们都不想我孤独或害怕的。"

蔡澜先生爱好广泛，见识广博，谈起美食，从食材选择到烹饪手法，再到哪里做得正宗，他如数家珍；谈起美酒，他对年份、产地、口感头头是道；谈起电影，他又有多年的从业经验，与一众名导、演员有过合作；谈起文学，他有家族的传承——父亲是作家、诗人，郁达夫、刘以鬯常来家中做客；至于茶道、书法、篆刻，他也别有一番研究。

蔡澜先生喜爱明末小品文，其写作风格也受到当时文人的影响，而妙就妙在，他继承了过去文人那种清雅、隽永的文风，他的文章形式上简洁精练，意蕴悠远绵长，但同时，他并未与"Z世代"有所区隔，他熟练使用社交网络，和年轻人交朋友，对新鲜事物充满热情。他不哀怨，不沉重，不说教，常以通透、豁达的形象示人，正如金庸先生所言："蔡澜是一个真正潇洒的人。率真潇洒而能以轻松活泼的心态对待人生，尤其是对人生中的失落或不愉快遭遇处之泰然，若无其事，他不但外表如此，而且是真正的不萦于怀，一笑置之。"

读他
坦率，仗义，
快意人生

蔡澜先生交游甚广，是很多人的好朋友。倪匡先生曾说："与他相知逾四十年，从未在任何场合听任何人说过他坏话的。"

究其原因，多半是他那份仗义和真诚让人信任。

年轻时，蔡澜先生的生活可算是"花团锦簇"。年少时的他交往了众多女朋友，连父亲都同老友说："这孩子年轻时女朋友很多。"到后来，他回顾年轻时的自己，也说"我并不喜欢年轻时的我"。

很多人常议论蔡澜先生年轻时的风流，也有不少人视其为"浪子"，称他是绝对的大男子主义，但他为女性仗义执言又颇让女士们受用。面对"剩女"这一性别歧视类话题，蔡澜先生就表示："剩女这个名字本身就是失败的。什么剩什么女呢，人家不会欣赏罢了。大家过得开开心心，几个女的一块，去玩呐，哪里有什么剩不剩。剩女很好，又不必照顾这个，又不必照顾那个。快点去玩！"这样的言辞让人忍俊不禁，直呼他是大家的"嘴替"。

不仅如此，他还呼吁女性把钱花在增长学识上，鼓励女性多读书、多旅行，拥有自己把日子过好的能力。

蔡澜先生极度坦诚，他从不掩非饰过，也不屑弄虚作假。因"食家"的身份被众人所知后，他不接受商家请客，坚持自己付账，就为了能客观评价餐厅。有餐厅老板找他合影，他不好拒绝，但担心商家用合影招揽食客，于是约定，板着脸合影，表达也许这家餐厅味道不怎么样。

读他
一段过往，
笑对自己的人生

蔡澜先生的人生经历可谓精彩。他生于第二次世界大战期间，青年时期留学日本，在电影行业工作几十年，见证了草创时的筚路蓝缕，也见证了黄金时期的繁荣景象。书里有他的童年回忆和故人旧事，有他拍电影时的所见所感，有他悠游天地间的见闻，有他追忆老友的感人片段。蔡澜先生如今已 80 多岁，但这套书充满了当代年轻人所喜爱的要素。探店？蔡澜先生寻味的足迹遍布世界各地，吃过的餐厅数量绝对可观。城市漫步（Citywalk）？蔡澜先生可是组过旅行团的，金庸先生就是他的团友。吃播测评？蔡澜先生参加过诸多美食节目，也常发文品鉴美食。生活美学？蔡澜先生就是一个能把艺术、生活与哲理融合在一起的人，他对日常生活的独到见解，相信可以打动很多人。

他对很多事都展现出强烈的好奇心，因为什么都想试试看，才能慢慢变成懂得欣赏的人。这套书涵盖了蔡澜先生 80 载人生经历，囊括 40 年寻味的饮食经验，有他的志得意满和年轻气盛，也有他如童稚时的那般调皮与恶作剧。他的追溯，仿佛能唤起我们内心的情感共振，我们如此这般，似乎只是一个想念妈妈做饭味道的小朋友。

在 2023 年摔伤之前，蔡澜先生总是笑着出现在众人面前，他也常说"希望我的快乐染上你"。他并非没有愁肠，只是选择不把痛苦的一面展露出来。他说："我是一个把快乐带给别人的人，有什么感伤我都尽量把它锁在保险箱里，用一条大锁链把它锁起来，把它踢进海里去。"所以，在生活节奏加快，我们的人生不断遇到迷茫和挑战的今日，希望这套书能如蔡澜先生其人一般，给大家带来快乐，让更多人开心。

出版说明

蔡澜先生中学时便开始写作投稿，40 岁前后开始系统性地撰写专栏，多年来撰写了多种类型的文章。因老父赴港在餐厅等位耗时颇久，蔡先生下决心"打入饮食界"，这些年他吃在四方，撰写了大量的文章，这些文章零散发表在各处，这次蔡先生挑选历年文章，重新修订，整理成系统、精彩的文集，奉献给读者。

本次出版图书 2 套，共 8 本，从"饮食"和"人生"两个方面集萃蔡澜先生这几十年的饮食经验和人生经历。"饮食经验"一套分别介绍食材、烹饪方法、外国饮食文化及中华饮食文化；"人生经历"一套按时间划分，分别反映从他出生到 20 世纪 80 年代、20 世纪 90 年代、千禧年后第一个 10 年以及 2010 年至今的生活体悟。

除蔡澜先生多年来撰写的各类旧文，这套书还与时俱进，收录了蔡澜先生近些年的新作，分享其在疫情期间居家自娱自乐的生活趣事。蔡澜先生出生于新加坡，现长居中国香港，其语言习惯和用词与规范的汉语不免存在差异，现作以下说明。

1. 蔡澜先生文章中使用的方言表述，如"巴仙""难顶""好彩"等，我们仍保留其原状，只在首次出现时标注其通用语义；如意大利帕尔马火腿，粤语发音也叫"庞马火腿"，我们沿用其"庞马火腿"之名，也在首次出现时注明。一些食物有多种称谓，我们通常使用其被广泛使用的名称，如"梳乎厘"，我们统一写作"舒芙蕾"。

2. 文中使用的外文表述，包括但不限于英语、法语、日语等名称，我们尽量列出其中文译名，实在无法对应之处，我们在文中仍保留外文名。

3. 本书文章写作时间跨度极大，但所有文章均写于 2023 年之前，文中所提及的食材的安全性、卫生标准及合法性均视写作时的具体情况而定，本书不做追溯。关于各地旅行的见闻，代表蔡澜先生游览之时的具体情况，反映当时当地的状况，并非今日之实况。因经济发展、社会变迁而早已不适用于今日的内容，我们酌情做了删减。

4. 蔡澜先生年轻时留学日本，后来因工作及个人爱好前往世界各地旅行，文中提到的货币汇率，均代表写作文章时的汇率，我们不做换算。

　　作为一名食家，蔡澜先生对食材、美食、餐厅的看法均为他这几十年亲自品评所得之体会，而非仰赖权威机构排名。正如蔡澜先生评价食评人汉斯·里纳许所言："我对他的判断较为信任，至少他说的不是团体意见，全属个人观点。可以不同意，但不能说他不公平。而至于口味问题，全属个人喜恶。"我们秉持求同存异之态度，向诸位读者展现蔡澜先生的心得，也欢迎读者与我们一同探索美食的真味。

　　今天要比昨天高兴，明天又要比今天开心。这是蔡澜先生一再告诉我们的。希望我们的几本书能像一个"开心菜篮"，让大家从蔡澜先生的故事中采撷快乐，收获开心。

目录

第三章

吃在四方

103

—————— 第四章 ——————

吃的意趣
209

第一章

能饮一杯无

烈酒：学会品酒，也学会停杯

英文单词 Spirit，含义甚多，如精神、灵魂、勇气、性格、态度、真实意义、根本属性等，而我们这些喜欢喝酒[①]的人，最喜欢的，是其烈酒之意。酒精含量 40 巴仙[②]以上的，才有资格称为烈酒。

中国人爱喝烈酒，一杯杯地干。其他地方的人呢？以韩国人为例吧，他们爱的是量，啤酒和土炮马格利[③]，大杯大碗不停地喝，但请他们喝一两杯白兰地或威士忌，一下子就会醉倒。

但是，研究起来，中国人喝烈酒的历史并不算悠久，在南宋之前，蒸馏法可能还没有普及，昔日英雄和诗人的惊人酒量，其实喝的度数最高的酒也不过是绍兴酒之类的级别罢了。

中国的烈酒，通常称为白酒或白干，制法的资料，在网上找个遍，找到的也并不多，但是要找茅台酒的价钱，则会跳出很多条来。

当今茅台酒非常贵，贵还不要紧，就怕喝到假货，那可就成冤大头了。

我一向喝不惯，也不喜欢喝所谓的白酒，除了到北京时，会买一小瓶二锅头来送菜，这种搭配的确配合得天衣无缝。二锅头不贵，所以没人造假。

---

① 适度饮酒勿贪杯。——编者注

② 巴仙是英语单词 percent 的音译，是东南亚一带的华人用语，意为"百分之"或者"%"。——编者注

③ 马格利是 Makkoli 的音译，它是韩国的一种酒精饮料。——编者注

至于茅台，我数十年前喝过一瓶真正老的，白色的瓷樽氧化为浅蓝色，液体倒出后挂杯，一口干了，极为柔顺，一点也不呛喉，但劲道十足。可此酒难寻，当今若有也要几十万元一瓶，喝过了，也就算了。

一般的白酒，不管什么牌子，都有一股强烈的味道，喜欢的人说是酱香，闻不惯的感到一阵恶臭。它的挥发性强，瓶子又不密封，贮藏起来酒味很浓。有人说："从前的茅台，也不过是几十元港币一瓶，早知道就买他十打八打，现在拿出来卖，就发达了。"

就算能赚一大笔钱，但几十年间一直被同样的酒味熏着，也不是好玩的事。而且，制作成本极低的白酒，当今的售价，全是被炒起来的，我们喝的已经不再是酒的价值，而是它的价钱。

我不爱喝白酒，另一个原因是，如果喝多了，那股酒味会留在身上，三天不散。自己身上的酒味已不能忍受，何况要闻别人的？

为什么我们那么爱喝酒？大概是喜欢微醉后那种飘飘然，语到喃喃时的感觉。

追求这种快感，酒就愈喝愈烈了，而能喝烈酒，完全是因为年轻，身体接受得了。凡是酒徒，都会经过这样一个阶段。

在中国内地，从前人们喝得最多的就是白酒。而在中国香港，人们更早地接触到了白兰地和威士忌。20 世纪七八十年代，大家吃饭，席上一定要摆着一瓶白兰地；后来，口味逐渐改变，为了追求健康，喝起红白餐酒来。白兰地失去了它的光辉，但餐酒始终没办法带来烈酒的满足感，现在，单一麦芽威士忌成了我们的宠儿。

最接近白酒的应该是伏特加，但我认为意大利的果乐葩[①]（Grappa）更喝得过。它起初是用葡萄的皮、核和梗酿成的劣酒，当今受世界酒徒欣赏，质量愈提愈高，人们甚至会选最好的葡萄，先去掉其肉，只用其皮做出来。它带着一份轻微的幽香，酒质醇得不得了，顺喉不减其烈性。喝醉了，酒精挥发，身上不存异味，如果多加宣传推广，这个酒在中国市场将有无限的前景。

并非想话当年勇，只是记录一个美好的时段。我年轻时在南斯拉夫[②]喝的斯力伏维茨酒[③]（Slivovitz），是用李子做的，蒸馏了又蒸馏，成为带甜味的烈酒，喝时用小玻璃樽装着，排在酒吧柜台上，十多瓶，一瓶瓶喝，喝到醉倒为止，这是我最喜欢的烈酒之一。

从前尖东富豪酒店的地库，开了家叫 Hollywood East 的的士高[④]，流行一种叫墨西哥炸弹（Tequila Pops）的酒，是把大量的龙舌兰酒倒入杯中，再加苏打水而成。喝时用纸杯垫盖住杯口，大力一拍，苏打水激发气体，令酒精更快发挥作用，几杯下肚，不醉无归，也好玩。

喝烈酒掺啤酒，觉得不够痛快，还是先干几杯，然后在罐装啤酒底部开一个小洞，把罐顶的匙一拉，整罐冲入喉中，重复几次，人非醉不可。

总之，喝烈酒，要自灌才是正途，比"来，干一杯！"这种命令式

---

① Grappa 的音译，即果渣白兰地。——编者注

② 南斯拉夫是 1929 年至 2003 年建立于南欧巴尔干半岛上的国家，作者在其解体前曾前往当地进行电影摄制工作。——编者注

③ Slivovitz 的音译，即李子白兰地。——编者注

④ 即 Disco（迪斯科）的音译。——编者注

的喝法有趣多了。我最讨厌别人强迫我喝酒，说什么不喝就没朋友做，这种朋友，不要也罢！

在那种疯狂地喝烈酒的年代，人们还不知道什么叫优雅，而当今，烈酒照喝，只是进入了欣赏阶段。所谓的欣赏，是每喝一口，都要喝出它的滋味来，一喝到不知酒味，便得把杯子放下，其实，到那时，你的身体也会告诉你放下的。

但我还是爱喝烈酒多过红白餐酒，最怀念的是与倪匡兄在旧金山喝的那次酒，一人一瓶轩尼诗 Extra，吹着喇叭，一下子喝得精光，过瘾过瘾。

汽酒：酒自醉人，微醺即可

当人生进入下一个阶段，已不能像年轻时喝酒喝得那么凶时，汽酒，似乎是一个很好的选择。香槟固然好，但就算最好的库克 [①]（Krug）或唐·培里侬（Dom Perignon），那种酸性也不是人人能接受得了的。

如今我吃西餐时，爱喝一种专家认为"不入流"的汽酒，那就是意大利阿斯蒂（Asti）地区的玛丝嘉桃 [②]（Moscato）了。

[①] 库克是 Krug 的音译，它是顶级的香槟品牌之一，是英国皇宫宴会的指定香槟，属于路威酩轩（LVMH）集团。——编者注

[②] 玛丝嘉桃是 Moscato 的音译，该词也译作莫斯卡托，是意大利高贵的葡萄品种之一，可酿酒。——编者注

Moscato 又叫 Muscat、Muscadel 或 Moscatel，是一种极甜的白葡萄，酿出来的酒，酒精含量虽不高，通常在五六度左右，但充满花香，带着微甜，令人百喝不厌。

年份佳的香槟愈藏愈有价值，但玛丝嘉桃要喝新鲜的，若不在停止发酵时加入酒精，最多也就保存五年，所以专家们不看好它，它的价钱也高不起来。

此酒通常被当作饭后酒喝，我却会在吃西餐时，从头喝到尾。我不欣赏红白餐酒的酸性，除非是陈年佳酿，否则我喝不下去，一见什么"加州餐酒"，即逃之夭夭。

喝了啤酒会频繁地上洗手间，而烈酒只能浅尝，但玛丝嘉桃可以一直陪着我，喝上一瓶也只是微醺，真是个良伴。

女士们一喝就上瘾，但也不可以小瞧它，它还是会醉人的，我通常会事先警告她们。

近来和查先生①吃饭，老人家也爱上了这种酒，它虽有汽，但不会像香槟那么多，喝了也不会打咦②。

已经有不少人开始欣赏汽酒了，在大众化的酒庄也能找到它。牌子很杂，可以一一比较后选自己中意的。我曾专程到意大利皮埃蒙特的阿斯蒂地区去寻找，嘉丽娜庄园（Vigneto Gallina）的最好，商标上画着一头犀牛。

各位有兴趣的话，不妨一试。

---

① 即查良镛，金庸先生。——编者注

② 即打嗝。——编者注

桂花陈酒：除了尝味道，还需一份豪气

另一瓶甜甜的，喝多了醉人的酒，就是中国的"桂花陈酒"了。

什么？才卖几十元一瓶？很多朋友都不相信会那么便宜，觉得那么美味的酒，不可能只是这个价钱。

我上"鹿鸣春"[①]吃饭，最喜欢点这种酒。钱是另一个问题，主要是它和鲁菜配合得极佳。夏天时，加些冰块，再贵的酒也比不上它。

最初接触这种酒，是我十一二岁时的事，那时我也喝不醉，妈妈没有阻止过我多添几杯，喝完后那种轻飘飘的感觉，现在还记忆犹新。

这酒已有 2000 多年的酿造历史了，从前老百姓是喝不到的，因为只有深宫禁苑中才有。新中国成立后，人们把秘方拿出来，交给北京葡萄酒厂，用含糖度 18 度以上的白葡萄为原料，配以江苏省吴县[②]的桂花，同时加上被乾隆皇帝称为"天下第一泉"的玉泉山水酿制。

如今，此酒早已大量生产，不知道其酿造工艺有没有那时那么严谨，但它色泽金黄，晶莹明澈，香气扑鼻，在海内外的酒会上得过不少的奖。

好酒并不一定是贵的。北京的二锅头，便宜到没有人去作假，也是吃京菜时必备的酒。上一篇文章中提到的意大利的玛丝嘉桃，一瓶才 200 港元左右，我认为它也不逊于万元的名牌香槟。

---

① "鹿鸣春"是中国香港地区的老牌京菜馆。——编者注

② 吴县是苏州市的一个已撤销的县级行政单位，现已改设苏州市吴中区和相城区。——编者注

饮者方知，喝酒除了尝味道，还需要一份豪气，一喝千斗，才算过瘾。起初浅尝，而遇到知己，便可牛饮。

几万元到数十万元一瓶的名牌酒，能那么喝的话，我也接受。不然，快点站到一边去。

土炮：原汁原味，佐餐好酒

到各地旅行，最爱喝的是当地的土炮，最原汁原味，与食物配合得最佳。

在韩国，非喝他们的马格利不可，那是一种稠酒般的饮料，酒糟味很重，不停地发酵，愈发酵愈酸，酒精的含量也愈多。

当年韩国贫穷，国民不能每天吃白饭，一定要混上些小麦或高粱等杂粮，马格利也不用纯米酿，颜色像咖啡加奶，看起来很恐怖，但也非常可口，和烤肉一块吃喝，配合得天衣无缝。

后来，在日本的韩国街中，喝到纯白米酿的马格利，我才知道它无比香醇，买了1.8千克的一大瓶回家，坐在电车上，摇摇晃晃地，还在发酵的酒中的气体膨胀了，忽然"啪"的一声，瓶塞飞出，酒洒得满车都是，现在还记忆犹新。

当今这种土炮已变成了时尚，韩国各餐厅都在出售，可惜的是里面放了防腐剂，停止继续发酵，就没那么好喝了。去到乡下，还可以喝到刚酿好的马格利，喝起来酸酸甜甜的，很容易入喉，一下子就会醉。

意大利的土炮叫 Grappa，我翻译成果乐葩，用葡萄皮和枝酿制，蒸馏了又蒸馏，酒精度数高，本来被当作饭后酒，但餐前灌它一两杯，那顿饭我一定吃得兴高采烈，而且胃口大开，这才明白意大利人为什么把那一大碟意粉当作前菜。

南斯拉夫人的土炮叫 Slivovitz（斯力伏维茨酒），用李子做的，也是提炼了又提炼，致命地强烈，他们不是一杯杯地算，而是用小玻璃瓶装着，排成几十厘米长的一排。当时食物粗糙，喝到一半，什么难吃的都能吞下。

土耳其的拉克酒（Raki）和希腊的乌佐酒（Ouzo），都是茴香味很浓的烈酒，和法国乡下人喝的 Ricard 以及 Pernod 属于同一派别，只有这种土炮才不与食物配合，被当成消化剂喝。这种酒勾兑了水之后颜色像消毒液，味道也像消毒液。

天下最厉害的土炮，应该是法国的 Absente，颜色碧绿得有点像毒药，喝了会产生幻觉，据说梵高的名画《星月夜》就是这么画出来的。这种酒当今也在出售，可惜已不迷幻了。

清酒：是甘是辛，全凭口味

日本清酒，英文单词写作 Sake，欧美人不会发音，念为"沙基"，其实"ke"读出来像闽南语中的"鸡"，而普通话中就没有类似的发音了，只有学会日语五十音的念法，才念得出 Sake 来。

清酒的酿造法不算特别复杂，大抵上和做中国的米酒一样，磨米、洗净、浸水、沥干，蒸熟后加曲饼①和水，再发酵，过滤后便成了清酒。

日本古法是用很大的锅煮饭，又以人一般高的木桶装之，酿酒者要站上楼梯，以木棍搅匀酒饼才能发酵，几十个人一起酿制，看起来工程似乎十分浩大。

现在都以钢桶代替了木桶，一切机械化了，用的工人也少，如果到新派酒厂去参观，已经没什么看头了。

除了大量制造的名牌像"泽之鹤""菊正宗"等外，一般的日本酿酒厂，规模都很小，有的简直是家庭工业，每个省都有数十家，所以搞出那么多不同牌子的清酒来，连专家们看了都会头晕。

数十年前，我还是学生时，喝的清酒只分特级、一级和二级，价钱十分便宜，所以绝对不会去买那种小瓶的，一买就是一大瓶，日本人称之为一升瓶（Ishobin），有 1.8 公升②。

经济腾飞后，日本人见法国红酒卖得那么贵，看着心急，也想挣钱，就做起"吟酿"③酒来。

什么叫吟酿？不过是把米粒磨完又磨，磨得剩下一颗芯，才拿去煮熟、发酵和酿制出来的酒。有些日本人认为米的表皮有杂质，磨得愈多杂质愈少，因为米的外层含的蛋白质和维生素会影响酒的味道。

---

① 曲饼即酒母。——编者注

② 根据日本古单位，日式 1.0 升为 1.8 公升。——编者注

③ "吟酿"是酿酒工艺中指用精米步合为 60% 的大米酿造而成的清酒。——编者注

日本人叫磨掉米的比例为"精米度"①，精米度为60的，等于磨掉了四成的米，而清酒的级数，取决于精米度：本酿造只磨得三成，纯米酒也只磨得三成，而特别本酿造、特别纯米酒和吟酿，就要磨掉四成。到最高级的大吟酿，要磨掉一半，所以就要卖出天价来。

这么一磨，什么米味都没了，日本人说会像红酒一样，喝出果子味（fruitiness）来。真是不可思议，喝米酒就要有米味，果子味是洋人的东西，日本清酒的精神完全变了质。

还是怀念我从前喝的，像广岛做的"醉心"，的确能醉人心，非常美味，就算是他们出的二级酒，也比大吟酿好喝得多。别小看二级酒，日本的酒税是根据级数抽的，很有自信的酒藏，即使做了特级酒，自己申报时也说是二级，把酒钱降低，让酒徒们喝得高兴。

让人看得眼花缭乱的牌子，哪一个最好呢？日本酒中没有法国的拉图②（Latour）或罗曼尼康帝③（Romanee-conti）等贵酒，只有靠大吟酿来卖钱，而且一般的大吟酿，并不好喝。

问日本清酒专家，也得不出一个权威的答案，像担担面一样，各家有各家做法，清酒也是。哪种酒最好，全凭口味，自己家乡酿的酒，一个人喝惯了，就说它最好，而我们喝来，可能不过如此。

去了山形县，别忘记喝他们的"十四代"。问其他人最好喝的日本清酒是哪个牌子，总没有一个明确的答案，以我知道的日本清酒二三

① 即精米步合，是日本酒酿造的术语。——编者注

② 拉图是 Latour 的音译，指法国拉图酒店。——编者译

③ 罗曼尼康帝是 Romanee-conti 的音译，指法国酒庄特级红葡萄酒。——编者注

事，我认为"十四代"是最好的。

在一般的山形县餐厅也买不到，它被誉为"幻之酒"，难觅。只有在高级食府（日本人叫作"料亭"，从前有艺伎招呼客人的地方）才能找到，或者有名的面店（日本人到面店主要是喝酒，志不在面），像山形的观光胜地庄内米仓中的面店亦有得出售，但要买到一整瓶也不易，店里一般只会一杯杯地卖，一杯是三分之一水杯的量，叫作"一下"（One Shot），一下就要卖到两三千日元了。

听说比"十四代"更好的，叫"出羽樱"，它更是难得，我下次去山形，要再比较一下。我认为最好的，都是比较出来的结果，好喝到什么程度，难以用文字形容。

清酒多数以瓷瓶装之，日本人称之为"德利"（Tokuri）。叫时侍者也许会问：一合？二合？一合有 180 毫升，是一瓶酒的四分之一，四合一共 720 毫升，故日本的瓶装酒比一般洋酒的 750 毫升少了一点儿。现在的德利并不美，但古董德利漂亮至极，黑泽明的电影中就有详尽的历史考证，他拍的武侠片雅俗共赏，能细嚼之，趣味无穷。

另外，清酒分甘口和辛口，前者较甜，后者涩。日本人有句老话，说时机不好，像金融海啸时，要喝甘口酒；当年经济腾飞时，大家都喝辛口酒。

和清酒相反的，叫浊酒，两者的味道是一样的，只是浊酒在过滤时留下了一些渣滓，酒的颜色就浑浊了。

清酒的酒精含量，一般最多是 18 度，但并非有 18 巴仙酒精，而是 2 度为 1 巴仙酒精，有 9 巴仙，已易醉人。

至于清酒烫热了，更容易醉，这是胡说八道，喝多了就醉，喝少了不醉，道理就是这么简单。

原则上是冬天烫热，日本人叫作 Atsukan；夏日喝冻，称作 Reishyu 或 Hiyazake。最好的清酒，应该在室温中喝。Nurukan 是温温的、不烫也不冷的酒，请记得 Nurukan 这个词，很管用，向侍者那么一叫，连寿司师傅也知道你是懂得喝日本清酒之人，对你也就肃然起敬了。

白兰地：味道强烈，个性温和

中国香港人，十多年前，在宴客时，一坐下，桌子上一定先摆上一瓶白兰地，那是多么豪爽过瘾！

也只有在香港，忘记带白兰地时，在餐厅隔壁任何一间不起眼的杂货铺中，都能买到最高级的干邑。这一点连法国人也啧啧称奇。在他们的老家，只有在专门店里才找得到，连大型的超级市场，最多也是卖 VSOP^① 而已。

今晚参加一个白兰地的推介晚会，法国朋友说中国人和法国人的饮食习惯相同，爱好美酒和美食，白兰地是首选。我不同意，告诉他说："你们只在饭后喝白兰地，中国人是饭前、饭中、饭后都喝的。"这句话引得他哈哈大笑。

去什么地方，就吃什么地方的菜，就喝什么地方的酒，这是原则。

---

① VSOP 是一种高级白兰地，全称是 Very Superior Old Pale。——编者注

白兰地虽然强烈，但个性极为温和，配任何一个国家的佳肴都没有问题，尤其是中餐，搭得更佳。

但是这十几年来，白兰地的市场完全被红白酒打垮，过年时，已看不到干邑的广告了。

友人之中从白兰地迷转喝红酒的不少，但多数人只知价钱不知价值，一箱箱的名牌酒照存，每天喝个一两瓶。我看见之后说，你的胃不久就要穿洞了。此君不信，以为我在咒他，结果果然喝出毛病来了。

要知道红酒的酸性很强，喝来能帮助消化一大块一大块的牛扒①。我们东方人的饮食习惯不同，吃起肉来分量并不多，过量的红酒对身体是有害的。

但强烈的白兰地不是更伤身吗？这也不然，一喝就醉了，哪能像红酒一样开了一瓶又一瓶？

白兰地配干鲍一块儿吃，天衣无缝。鲍鱼也分质量，日本的最佳，价钱那么高也有道理。晒鲍鱼的时候，它常被聪明的鸟儿偷食，成本就要算在里面，白兰地也是一样，每年都要经过挥发，所以愈醇的干邑愈贵。

鱼翅之中，加几滴白兰地，汤汁更为香浓。但是白兰地经销商很反对此举，认为有伤干邑在人们心中的形象，不够好的酒才拿去烧菜的呀！这种想法甚为可笑。顾客至上，他们怎么吃是他们的事。昂贵的鱼翅，岂可用杂牌白兰地呢？

这又牵扯到白兰地是否要直接喝的问题。只要你想，要加可乐、七

① 牛扒、猪扒、羊扒即牛排、猪排、羊排。——编者注

喜也行，法国商人不会反对，只要能卖得出去。他们的白兰地专家也指出，兑了水，香味更挥发得出。你的酒量好就喝纯的，不行的话尽管像喝威士忌一样加苏打水好了。我有一阵子就深爱白兰地苏打。喝起来舒服，是消费者的权利。

经过数十年的沉没，我认为当今是白兰地"复活"的周期，只要在宣传上做得好，不用担心没有新一代的爱好者。红酒已逐渐褪色，啤酒太弱，中国白酒留在身体上的浓重味道也不是人人能受得了的，所以白兰地还是首选。

中国人对干邑的爱好，从原料开始。它到底是葡萄酿出来的，浅尝还是有益。有的医生也劝人睡前来一小杯白兰地，法国人在餐后饮之，经过许多年，是有他们的道理。

自古以来，我们都沉醉于"葡萄美酒夜光杯"。我的书法老师冯康侯先生时常和我谈起在珠江的花艇上喝三星、五星、手揸花、手揸斧头牌子的干邑。白兰地是我们最老的朋友了，怎能忘记它？

也很怀念当年豪饮白兰地的日子，在做电视清谈节目《今夜不设防》时，有马爹利和豪达两家公司争做广告，桌子上必摆着这两种干邑。倪匡、黄霑和我三人在做准备时已经先干掉了一瓶，美女嘉宾来到，各灌数杯，一下子开怀，什么话都说了出来，的确是快乐的饮品。一个节目两小时的录像，就要干个五六瓶干邑才收工。

后来做《蔡澜叹世界》旅游节目，注重喝红酒，但到底不过瘾，收工后还是要来一两瓶白兰地。

说酒能伤身，那是个别的例子，我妈妈 90 多岁，每天照饮白兰地，父亲生前用家母喝过干邑的塞子，混上英泥砌了一栋墙。我至今还能喝一点儿，是遗传吧。

当然威士忌也为我所好，但中国香港有喝白兰地的传统，来到这里，还是觉得干邑比威士忌好喝，希望有一天能看到每一张餐桌上，都像从前那样摆一瓶白兰地。

倪匡兄最爱喝的白兰地是马爹利蓝带，他认为半瓶装的比 750 毫升的更醇，我则觉得两者皆佳。

我一生中尝过最好的白兰地，是和倪匡兄一起喝的。当年我在墨西哥拍完外景后，专程飞到旧金山去，发觉他已戒了酒。我拿出一瓶工作人员送我的龙舌兰酒独饮，他要了一口试试，说想不到那么容易入喉。两人一下子干掉一瓶后，他酒瘾大作，拿出两瓶珍藏的 Extra 干邑来，倪太去了香港，没人开车，倪匡兄又连金门桥也没去过，我就打电话叫了一辆最长、最大的六个门的轿车，由黑人美女司机驾驶，在公路上飞驰，我们打开顶窗，钻头出去，各拿着一瓶干邑吹喇叭，经过的人看了，羡慕不已。

我们喝白兰地的日子

在 20 世纪七八十年代，我们一坐下来吃饭，一瓶白兰地往桌子中间一摆，气焰万千，大家感到自己是绿林好汉，都要醉个三十六万场。

有条件的多数喝轩尼诗 XO 或者马爹利蓝带，接下来的是拿破仑等，就算是在中国香港旺角区吃夜宵，也有一瓶长颈 FOV，此酒在早期甚被珍惜，后来才沦为次级。

六七个人一桌，一瓶白兰地只能令饮者略有醉意，大多数时候要喝上两三瓶才能称得上"过瘾"两个字。

中国香港地区成了全世界喝白兰地人口比例最高的地方。制造商一面大乐，一面看到我们加冰掺水，大为摇头。

忽然，我们不喝白兰地了。不止白兰地，连其他烈酒也喝得少了，虽说红白餐酒流行起来，但看身边的人，已经全部滴酒不沾了。香港人一听到猪油就怕，喝酒也是同样的道理，大家怕死，怕得要命。

那天送倪匡兄回家，大家谈起喝白兰地这回事，都大摇其头，说："香港人，豪气失去了。"

从前，上倪匡兄家坐，手上一定有瓶白兰地当礼物，其实自己也要分来喝，喝着喝着，一瓶就干完了，他要到书房再拿一樽半瓶装的蓝带出来，才算够喉①。

做《今夜不设防》那个节目时，有马爹利和豪达两家赞助，互为对手的产品在桌子上同时出现，代理商也不在乎，这也许是喝酒喝出豪气来了。

倪匡兄和黄霑见到有马爹利，要先喝它，我觉得对不起豪达，就自己一个人喝。代理商看到了这个小动作，送了两箱给我，共24瓶，我只拿了四瓶，其他的给他们两个人分去。

节目一录两小时，剪成了40分钟。第一个小时用来热身，和贵宾们一起喝白兰地，到了有点醉意的第二小时才开始用，前面的都剪掉了。

---

① "够喉"源于粤语方言，意为"满足""吃够"。——编者注

三人之中，倪匡兄酒量最好，黄霑最差。两小时之中，倪匡兄一人要喝一瓶多一点儿，我喝半瓶左右，黄霑几杯后就要开始脱衣服，他醉了有这个毛病。倪匡兄与我两个人之间，一直保持这个分量。

在日本的那段日子里，我喝的尽是威士忌，因为日本人没有喝白兰地的习惯，也很难买到白兰地。回到中国香港，见大家吃饭时都是喝一瓶瓶的白兰地，我不由地对自己说："要是有一天我也爱上白兰地，那就可以真真正正成为一个香港人了。"

倪匡兄也说自己喝酒的配额已经用光，但好酒的配额还在。的确，他的酒量是减少了许多，人家送他的佳酿，一瓶瓶摆在柜子上，看看而已。

我们都怀念喝白兰地的日子，红酒虽佳，但倪匡兄总觉得酸溜溜的，要喝很多才有酒意，不像白兰地，灌它几口，即刻飘飘然。

很想看到白兰地恢复从前的光辉，收回市场的失地。威士忌固佳，但也不能被它淹没。

好酒，到了某个程度，都是净饮的。白兰地和威士忌一样。一大口灌下，一道热气直逼肠胃；慢慢地喝，感觉则像一段段的喷泉，也有同样的感受。

只有这种烈酒，拔开瓶塞，香味四溢。红酒只有把鼻子探进玻璃杯才能闻到气息。白兰地和红酒，一刚一柔，截然不同，不可比较。

外国人在饭后才喝酒，用手暖杯，一小口一小口地呷。我们的性情比他们豪放，饭前、饭中、饭后，甚至空着肚子都能喝，就算加冰加水，也是一种喝法，不必像外国人那么墨守成规，也不必为之侧目。

当今我酒量浅了，要么就喝得少，要么就加冰和苏打水，像威士忌一样喝，自己没觉得有什么不妥就是了，反正不是由别人请客，想怎么喝就怎么喝。

我深信身体中有一个"刹车"的功能，如果不能再接受酒精，喝下去不舒服，便甭喝了。身体还能享受时，多多少少都要喝一点儿，朋友们都说不如改喝红酒，我总是摇头。

陪伴我数十年的白兰地，已是老友，红酒则偶一为之，两者之分，止于此。

脑中出现了一个画面：在幽室之中，斜阳射入，桌上摆一瓶白兰地，倪匡兄与我，举圆杯，相视一笑，一口干之。

白兰地万岁。

威士忌：多去尝试，找到自己爱的味道

威士忌吾爱

和天下老饕吃到最后都欣赏一碗越南牛肉河粉一样，"刘伶"们的共同点是都会来一杯单一麦芽威士忌。

为什么是单一麦芽呢？单一麦芽是什么？还是有很多人搞不清楚。照字面看，是用一种麦芽酿制的吧？完全错误，单一麦芽，即 Single Malt，指的是同一家厂酿造的，不像混合（Blended）的制法。所谓混合，是从别人的厂买来原酒，再由自己的调酒师们调配出独特的味道来。

这又要从头说起了，威士忌是什么？威士忌是从大麦酿造的酒里提炼出来的，也可以说是把啤酒一次又一次地蒸馏，蒸馏出酒精浓度极高

的酒来。这时的酒，没有颜色，透明得像白开水似的，除了酒精味，也没有什么味道。

威士忌要陈年浸在木桶中，颜色才能出来，味道才能出来，道理就是这么简单。

早年我们喝的混合麦芽威士忌，像尊尼获加（Johnnie Walker）、芝华士（Chivas）等，不是不好喝，而是它们为了迎合大众口味，变成了"一般"的酒，只是个性不强，喝了不会记得而已。

那么，这种酒就不好喝吗？也不是。所谓的好喝，第一是不呛喉。强烈的酒精，让人喝了会拼命地咳嗽，喉咙像被烧灼一样，感觉并不良好。

尊尼获加分红牌、金牌和黑牌，愈陈年的愈贵，酒精得到挥发，喝了就顺喉。大量生产的酒，放在木桶中的时间愈来愈短，口感就愈来愈烈。从前的产品较有良心，就算是红牌威士忌，也喝得过，现在没有黑牌级数的话，皆不好入口。这一点对白兰地来说也是一样的，早年的VSOP，就比当今的XO好喝得多。

当大家发现单一麦芽威士忌有不同的个性和香味之后，混合麦芽威士忌逐渐被遗忘了，只配在娱乐场所喝喝。

许多人对单一麦芽威士忌的认识，也仅局限于售价，认为愈陈年愈好、愈贵愈好。拍卖行中的极品，已达到 100 万港元一瓶！

我会不会去喝？当年会，是别人请客的时候。自己买来喝的话，我认为麦卡伦的 30 年已是极品，要认清楚是金字蓝色底的包装纸，上面用大字写着"Sherry Oak"（雪莉橡木桶）的才值得买。

威士忌靠浸木桶，而所有橡木桶之中，只有酿过雪莉酒的，再寄回麦卡伦厂浸威士忌才是最优雅的。香醇、顺口不用说，简直是一喝难忘，当今虽然已愈卖愈少，但比起其他莫名其妙的酒来，还是合理得多，如果见到了一定值得收藏，这是在我心中人生必喝的威士忌之一，错过了真是一种损失。

当然，英格兰单一麦芽威士忌还有各种不同的味道，比如泥煤味很重的、美国波本威士忌味很重的，数之不清。你可以各种都去试一试，试到你认为最符合自己口味的为止，然后再试喝不同年份的产品，不必把每一种味道的威士忌都研究得那么深。

日本人学任何一种东西，都从基本的开始，所以他们一来就用酿雪莉酒的橡木桶，数十年后，技术成熟了，自然会有很多人欣赏。

当今日本威士忌也卖得很贵，而且难找了，对于初入门的"刘伶"来说，应该怎么选择呢？我认为，初试的话，不如买一瓶被"镛记"①已故老板甘健成称作"雀仔威"的 The Famous Grouse②，它的商标是一只野鸡，这个品牌从 1896 年创立以来，一直用波本桶和雪莉桶来浸酒。我到麦卡伦厂时看到一辆它的货车，问厂里人为什么会有"雀仔威"在这里出现，原来这个牌子是给他们公司买去了。出名的麦卡伦当然不会看走眼，大家可以放心地喝这个牌子的酒。

其实我怀疑有多少爱酒人真正懂得什么是单一麦芽威士忌，也许他们喝第一口时还可以分辨得出，可一旦醉了，无论是什么威士忌，加了冰、加了水、加了苏打，都是一样的。

---

① 即中国香港镛记酒家。——编者注

② 也叫"威雀"，苏格兰威士忌品牌。——编者注

日本威士忌

我喝日本威士忌的时候，常被取笑："日本威士忌带点甜，是不是下了味之素？"

"是吗？"苏格兰人也说，"日本产威士忌吗？"

是的，日本老早已产威士忌了，日本民族是一个爱喝威士忌的民族，因为日本除了烧酎，高酒精度的酒不多，酒徒们对清酒不满足的时候，只会转向威士忌，不像中国人那么喜欢喝白兰地。有一个叫竹鹤政孝的人，在 1918 年去苏格兰学习酿造威士忌，又娶了一个苏格兰太太回来，在北海道建立了生产一甲（Nikka）威士忌的"余市"威士忌厂。

在 20 世纪 60 年代，我们当学生时，喝的是便宜的威士忌，那时候喝三得利红（Suntory Red），容量是正常的 750 毫升的双倍，故叫作Double，只卖几十港元，大家都喝得起。

酒吧当然不卖 Double，那就得喝高级一点的，有个四方透明玻璃瓶装的威士忌，也是三得利厂制造，日本人很亲热地叫它的小名"角瓶"（Kakubin）。好喝吗？比 Double 贵，感觉上已经美味得多了。

至于在酒吧中卖的最高级牌子，叫三得利老牌（Suntory Old），是个全黑色的圆形瓶子。能喝到 Old（日本发音念作 Orudo），简直是部长级的人物，到了银座酒吧的高贵客人，至少得来一瓶。

日本人不喝苏格兰威士忌吗？当然也喝，一听到就大叫："洋酒"（Youshu）！好像所有进口的都最珍贵似的，有一瓶尊尼获加红牌的，那就不得了。当年如果能喝到同厂的黑牌，那你就是社长级别了。

说来说去，当年的威士忌，代表了所有的混合威士忌，没有人知道单一麦芽威士忌是什么东西，Double 也是，角瓶也是，尊尼获加也是，全是。

喝单一麦芽威士忌，是这三四十年间的事。至今，还有很多人没有把这个名字搞清楚。再重复一次，单一，并非指一种小麦，而是"一家酒厂"的意思（混合威士忌可以被很多家厂买来兑出自己的味道）。而Malt是指用麦芽发酵提炼，其他谷物做的都不行。

用麦芽酿制，又蒸馏出来的威士忌，是透明、无味的，要浸在橡木桶之中，陈年之后才有色彩和味道，这是最简单的道理。

日本人喝威士忌，最爱加冰和苏打水，叫高球（High Ball），当今的年轻人可能都没听过，那是混合威士忌的喝法，单一麦芽威士忌是不加水的，但偶尔可以加几滴打开味蕾，有时也只加一小块冰，老酒鬼还是喝纯的。

20年前我带团去北海道，参观了"余市"酒厂，他们是单一麦芽威士忌的始祖，在酒瓶上写着"单一蒸馏的麦芽"几个字，好给日本人辨认，当时卖的一瓶也不过一百多两百港元罢了。

我向客人推荐"余市"时，都被人嗤之以鼻，当今1988年的已卖到两万港元一瓶了。日本人从零开始，精益求精地把自己的威士忌带到国际舞台上，拥有了独一无二的个性。他们开始用自己的橡木造桶，再以北海道的雪水清泉酿制而成。

日本最大的酿酒厂是三得利，虽然啤酒是它的命脉，但从"角瓶""Old"的威士忌开始，经历多年的演变和进步，最后在2003年，国际烈酒挑战赛中的"山崎12年"（Yamazaki 12）赢得了国际大奖，才令人对日本单一麦芽威士忌刮目相看。

"山崎"已是公司的旗舰产品，接着同厂的"响"（Hibiki）更获得了无数大奖。日本威士忌的基础打得很好，最初都用悉尼木桶来熟成，不偷工减料。当今的山崎18年最美味，10年的也已经不错，另外同公司的"白州"更是许多人的爱好。"白州"的一支"Heavily Peated"（重泥煤），喜欢泥煤味威士忌的人不能错过。

"轻井泽"已停止酿造，变成传说了，限量版的"命之水"轻井泽已是数万港元一瓶，这时再去追求已经太迟，如果你想现在入货的话，

建议你去买"秩父"（Chichibu），它也是伊知郎（Ichiro）酒厂生产的，伊知郎以卖日本烧酎起家，是九州岛的酒厂，早年只注重卖他们卖得最多的烧酎，没去宣传他们最好的单一麦芽威士忌，现在再用"秩父"来迎头赶上。

Speyside

这家厂的商品有"Ichiro's Malt & Grain""Ichiro's Malt""Chichibu Newborn Barrel"和主要的"Ichiro's Malt Chichibu The First"，都是收藏的好对象。

2015 年，香港拍卖的单一麦芽威士忌最高价是 45 年前的轻井泽，每瓶 96 000 港元。为什么一早不买呢？这和一早不买房地产一样，广东人说"有早知，冇乞儿"①，趁你现在还喝得起"响"17 年和"竹鹤"21 年，喝一个饱吧。

崔仔威万岁

累积多年来喝威士忌的经验，如果你问我哪一瓶最好喝，我的答案是麦卡伦的 30 年雪莉桶，蓝色贴纸，金色的字，被威士忌"酒圣"迈克尔·杰克逊（Michael Jackson）评为 95 分。最近在酒商处看到，它在 2018 年，已卖到 70 000 港元一瓶。

如今这款酒已不再生产了，代之的是 30 年雪莉桶的"白色贴纸 30 年"，价格虽低了许多，但味道却远不如蓝色贴纸金色字的那一款。

当然也有更老的，像麦卡伦 1948 和 1946，得 96 分，但在市场上几乎买不到，最近拍卖的两瓶 60 年麦卡伦，已要 200 万美元，真是个世界纪录。

我一向觉得价值超过现实的酒，如果饮者又不懂得欣赏，买来炫耀的话，还是免了。

---

① 意为"早知道的话就没乞丐了"。——编者注

麦卡伦看准市场，也推出了各种"30年"产品，打着"好木桶"招牌，卖得很贵。

好了，我们从基本的知识谈起。威士忌是一种烈酒的统称，用谷物发酵蒸馏而成，如果用大麦的话，酿出的是啤酒，而将啤酒蒸馏后又蒸馏，到最后就变成无色无味、接近纯酒精的液体，将它浸在木桶中，时间久了，就成为棕色的威士忌了。所以木桶的质地极为重要。而被公认为最好的威士忌，用的是浸过雪莉酒的木桶。

为了得到浸过雪莉酒的木桶，苏格兰酒厂首先自己出钱，制造出来的木桶供西班牙酒厂贮藏雪莉酒，用完之后才送回苏格兰浸威士忌。

年轻人还不懂得分别，也没有能力分别。我们都是从喝廉价威士忌开始的，我的经验，是在东京喝日本的"三得利红"，双瓶装，极为便宜。当然，这种酒不经木桶浸酿，只是加点色素进酒精罢了，谈不上香醇二字，像要把你的喉咙点燃，但年轻人追求的大概就是这种刺激。

接着，喝他们的四方瓶威士忌"角瓶"，价格略高，然后进入喝"黑瓶"的年代，在银座的酒吧中，已算是高级的了。

当年喝一瓶尊尼获加，已是不得了，尤其是黑方，再下去是喝芝华士等，都是混合威士忌。认识单一麦芽威士忌是后来的事。它由一个酒厂酿制，有时候还只浸在一个木桶中，绝不掺杂别的味道，这时，喝威士忌的学问，才刚开始。

内地年轻友人来港，要我推荐威士忌，我这个老顽童，便会遥指"雀仔威"了。

这个名字从何得来？是"镛记"已故老板甘健成取的。当年我们共饮，喝的都是这个牌子的威士忌，因为原厂"The Famous Grouse"的商标上画着一只松鸡，它是雷鸟属的一种鸟，也是苏格兰的国鸟，而甘先生看见这只小鸟，就不管三七二十一地叫它为"雀仔"了。

甘先生交游广阔，见到老友就请人喝酒，用这瓶只要 100 港元左右的酒，最为适合，而该酒厂有为客人印上自己名字的服务，甘先生就印了带有"Kam Keng Sing"名字的酒。为了纪念他，我家里还藏了一瓶。

好喝吗？威士忌一般加苏打水喝，它还有一个独特的名字，叫作高球，别以为老"刘伶"才知道这种喝法，它当今已重新流行起来了。

加了苏打水的威士忌，很容易入口，而雀仔威本身虽然也是混合威士忌，但也用雪莉桶浸过，净饮已相当可口。雪莉是一种强化酒，把白兰地加到白葡萄酒中制成。说也奇怪，味道还很像中国的绍兴酒呢。雀仔威也有多种选择，松鸡是红色羽毛，但酒厂也出商标为黑色松鸡的产品，更有"Mellow Gold""Smoky Black"等，如果要豪华一点，可以买浸了 16 年的白色雀仔牌子"Snow Grouse 16 Years Vic Lee"。

虽说用雪莉桶浸过，但味道还是不浓，我曾经拿 16 年的雀仔威，再买一瓶雪莉酒，加那么一点点进去，不加苏打水净饮，也真是可以和高价的麦卡伦媲美呢。

也不必小看雀仔威，它是 1980 年卖得最多的威士忌，也获奖无数，目前已被麦卡伦的母公司爱丁顿集团（Edrington Group）收购，该集团还收购了高原骑士（Highland Park）。

不同阶段的威士忌爱好者，会喝不同价格的酒。如果一味求贵，一味认为愈多年的酒愈好，就还不懂威士忌。乱七八糟的酒桶浸出来的，就算浸过 100 年，也是难喝的。

第一次接触鸡尾酒，此情不渝

有一阵子酒喝多了，生厌，停了一段时间，现在又重投"旧情人"怀抱，要求更多，比从前的酒量厉害。

又在饭前逛酒吧，要了一杯"曼哈顿"（Manhattan），这是我人生中第一次接触到的鸡尾酒，此情不渝。

初学调酒，依足书上所写：两份（两盎司①）美国威士忌波本（Bourbon），一份甜苦艾酒（Sweet Vermouth）和一滴安格斯图拉苦精（Angostura Bitter）——南美洲出产的一种芳香树皮浸出来的调味品。

放进一个搅拌玻璃容器中，加大块的冰，铁匙拌它一拌，即刻倒入一个六盎司的口圆底尖鸡尾酒杯，放进一粒红颜色的樱桃，大功告成。

这杯琥珀色的酒，美丽得很，加上甜苦艾也容易入口，正感到有点辛辣时又有那颗樱桃来调节，淑女也会即刻爱上它。威士忌个性强，绅士们喝得够喉，多几杯也会醉，故无"娘娘腔"的感觉，是杯完美的鸡尾酒。

喝曼哈顿酒是向纽约人致敬，一面向那边的老饕学习，一面自己努力。经过多年来的研究，我已能调出一杯请纽约客喝也颇像样的酒来。

首先是波本的选择，一般人认识的只有几个牌子，像金宾（Jim Bean）、杰克·丹尼（Jack Daniel）等，等到用上威凤凰（Wild Turkey）已算是专家了，更进一步，会接触到美格（Maker's Mark）。

---

① 1美制液体盎司 =29.57353 毫升。——编者注

其实，只出一种酒的马丁·米勒（Martin Mill's）很醇，杰斐逊（Jefferson's）也好。至于另一名牌哈珀（I. W. Harper）的总统贮藏（President's Reserve）是顶尖。

苦艾酒只能用意大利马天尼酒庄（Martini & Rossi）这一品牌，这个公司出的苦艾酒分甜的（Sweet）和干的（Dry），前者深红色后者纯白色，不可弄混。

安格斯图拉苦精非常偏门，只有一家公司生产，不会搞错。

至于樱桃，太小的或无核的都不正宗，一定要用连核带枝的马拉斯奇诺樱桃（Maraschino Cherry）。吃烛光晚餐时，如果对方不喝酒，可以来杯曼哈顿，先把樱桃由枝部拿出来献给她，绝对不能喝光了鸡尾酒才问人家要不要吃，太恶心。别小看那么细的樱桃上沾的不够一滴的酒，在感觉上也可醉人。

玻璃杯太小，酒倒得太满令人不安。杯子太薄也有寒酸气，最好用名牌玻璃厂出的六盎司大水晶鸡尾酒杯。

若是自己调配的话，可以不依照传统的配方，原来的曼哈顿到底太甜而不够强烈。波本可以加到两份半，甜苦艾减至半份。

绝对不可用摇酒器去混，要放进调酒器中，加几大块冰，以防冰快速融化而将酒冲淡，用搅棒拌一下即刻倒入杯中，再加樱桃。

之前下的苦精也需要技巧，用小樽的，往调酒器中一冲，即刻收手。酒吧为了省钱，喜欢用大樽的。大樽口大，一冲太多，香味过浓也不是办法。

这时，你已经调了一杯完美的曼哈顿。

这种酒到底是谁发明的呢？

一般传说，是纽约的曼哈顿俱乐部中的一个酒保为丘吉尔夫人做的，这位夫人不是英国前首相的老婆，而是他妈妈，当时是 1874 年。

另一说法是食评家卡罗尔·特鲁瓦克斯（Carol Truax）的爸爸首创。是谁都好，没正式记录，也不必去研究。

曼哈顿的另一个叫法是甜马天尼（Sweet Martini），和干马天尼（Dry Martini）是相对的。前者用甜苦艾酒，后者用干苦艾酒。两种酒都是在纽约的酒吧中最流行的。

喝干马天尼的杯子和曼哈顿用的一样。传统的调配分量也和曼哈顿相同，但以两份的金酒代替波本，加一份干苦艾，也是在调酒器中拌一拌冰倒入杯中，放进杯中的不是樱桃，而是一粒绿色的橄榄。金酒已够香了，所以不必再添什么苦精之类的香料。

金酒为最普通的英国必富达（Beefeater）牌，也有很多人用哥顿金酒（Gordon's Gin）。自认为专家的人很喜欢用添加利（Tanqueray）牌的金酒，他们到了酒吧，不说来一杯"干马天尼"，而是说来一杯"添加利"。

其实，最纯的金酒，应该是荷兰产的 Bols，荷兰人叫它"占内芙"，传到英国才变成金酒。

但当今被公认为最佳金酒的是孟买蓝宝石（Bombay Sapphire），英国产，和印度孟买无关。你在酒吧中对酒保说要孟买蓝宝石，绝对会受尊敬。

至于干苦艾，则用与甜苦艾同公司生产的就行。最后下的橄榄要大粒、坚硬和有核的，中间包着樱桃、软绵绵的是邪道。

空肚子灌上三两杯干马天尼很容易醉，人就轻松快乐起来了，为了增强这种快感，当然把干苦艾酒的分量愈减低愈好。

所以叫这杯鸡尾酒时，通常向酒保说要"很干"（Very Dry）。干是什么？很多人还弄不懂。中文里也拼命用这个词，什么干葡萄酒、干啤酒等。其实"干"是一种感觉罢了，喝进口酒时的感觉是到了喉咙即走，不会黏黐黐地一直流到肠胃中。所以当你说要"很干"时，只是表达你要尽量少的苦艾酒而已。

这时，酒保会把苦艾酒倒入调酒器中，加几块冰，再把苦艾酒倒掉，只留在冰上那么一丁点儿，这就是很干了。

至于天下最干最干的马天尼是怎么弄出来的？这是我最爱说的笑话，现在回放：那是只喝纯金酒，用眼睛望一望架子上的干苦艾酒罢了。

爱上果乐葩

Grappa 并没有一个公认的中译名，不像白兰地或威士忌。为了避免将稿纸摆横写拉丁字母，我们暂时叫它"果乐葩"吧，直到另一个更适当的译名出现。

果乐葩是红白餐酒的副产品，是用剥葡萄后的剩余物资，如葡萄皮、枝梗，甚至连果核也用上，酿成的一种身价最贱的酒，它蒸馏之后强烈无比，最初是农民做来过酒瘾的东西，登不上大雅之堂。

邂逅果乐葩，是年轻时和意大利友人在树下吃四个钟头的午餐，在堆积如山的意粉和大鱼大肉之后，红酒已渐失味道。老头子从一个玻璃瓶中倒出一杯透明的液体要我尝尝，一进口简直是燃烧了喉咙，但那股强劲的香味却令我毕生难忘，一见钟情地爱上了果乐葩。

后来我一去意大利餐厅，即要求喝果乐葩。不卖此酒的食肆绝对不

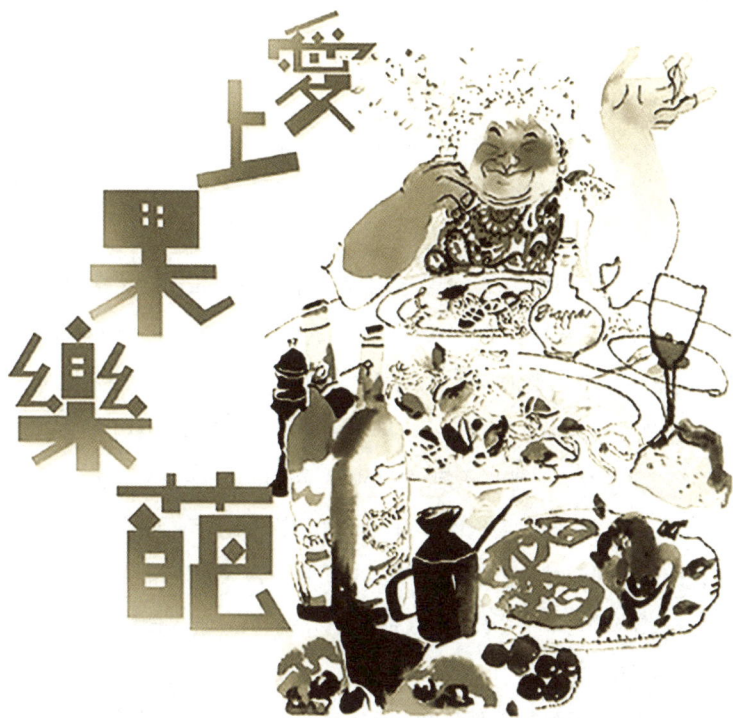

（编者注：图中的繁体字为"爱上果乐葩"。）

正宗，比如美国加利福尼亚州的"新派健康"意大利餐厅中，就找不到果乐葩。对于这种"忘本"的食肆，我感到异常憎恶，以后永不涉足。

我把果乐葩叫作"快乐饮品"（Happy Drinks）。和白兰地相同，它是饭后酒，又与东方人喝白兰地一样，我是饭前、饭中、饭后都喝的。

最强的果乐葩有 86 巴仙的酒精，空着肚子一喝，人即刻飘飘然，接着的食物就特别好吃。一杯又一杯地干掉，气氛融洽，语到喃喃时，什么题材都觉得好笑，嘻嘻哈哈一番，所以叫它快乐饮品。

当然其他烈酒也有这种效果，但是要和意大利菜相配，还是只有果乐葩。吃法国菜从头到尾饮白兰地不是不行，反正是我付钱，要怎么喝是我的事，但法国红酒过于诱人，可以到最后再碰白兰地；意大利红酒好的少，餐厅老板也不在乎你放肆。什么？你喜欢一来就喝果乐葩？好呀，喝吧，喝吧，我也来一杯。

中国香港有家很正宗的意大利餐厅叫 Da Domenico，海鲜蔬菜都一丝不苟地从罗马运到。那些头都已发黑的虾，很不显眼，但一吃进口，即刻感到一阵又香又浓的味道，像地中海风已经吹到一样，我就又灌了几口果乐葩。愈喝愈高兴，来一碟用橄榄油和大蒜爆香的小鱿鱼，再喝，不知不觉中，一瓶果乐葩已剩半瓶，大乐也。

近十几二十年，果乐葩不再是贱酒，它渐渐受到了世界老饕的欢迎，即使是最有品位的酒吧也要摆上几瓶。像 100 多年前白兰地和威士忌打进市场一样，果乐葩是当今最流行的烈酒之一，把伏特加和特其拉①挤到了一边去。

从前几美元一瓶的果乐葩，近来愈卖愈贵，选最好的葡萄，去掉肉，只剩皮来发酵蒸馏，瓶子又设计得美丽，已要卖几百美元一瓶了。

只有在意大利做的，才能叫作果乐葩，和香槟、干邑等一样。而只有用葡萄皮炮制的，才拥有这个名称，用整颗葡萄造出来的，叫 Acquavite d'Uva（葡萄酒）。

虽然传统的制法是把枝梗和核也一块发酵，但当今的果乐葩已放弃这些杂物，因为它们的涩味会影响酒质，所以只用葡萄皮，而且红葡萄比白葡萄好。将葡萄皮压榨后产生的物质叫"渣粕"，在渣粕的发酵过程中加水，在欧盟是禁止的，这是有法律规定的，严格得很。

---

① 即龙舌兰酒（Tequila）。——编者注

发酵过的渣粕煮热后就能拿去挤汁，然后蒸馏，过程和蒸馏白兰地或威士忌一样，一次再一次，蒸馏到香醇为止。古老的检验方法是酿酒者含上一口酒，朝烈焰喷出，如果燃起熊熊巨火的话，就算大功告成，这全靠经验。

不像其他佳酿，果乐葩只要在木桶中储藏六个月就可以拿出来喝，但也最少要再放个半年，这也是法律规定。通常用的木桶由捷克的橡木制成，小的可以装 2000 千克，大的可以装 10 000 千克。在储藏过程中，果乐葩会产生一些甜味，但也有些厂家会将糖分完全去掉，我本人还是喜欢略带甜味的。

种类至少有数千种，哪一瓶果乐葩最好呢？初饮的人会先被瓶子吸引，典型的有 Bottega 厂出产的 Grappolo，在瓶子上烧出了一串透明的葡萄，漂亮得不得了。其他品牌的瓶子也多数细细长长，玻璃的透明度很高，瓶嘴很小，用个小木塞塞住；也有圆形的，像个柚子。

喝果乐葩也有独特的酒杯，有代表性的是 Bremer 厂生产的杯子，杯口像香槟杯那样又长又直，杯底则像白兰地杯般有个大肚子，杯柄和鸡尾酒杯一样细长。

果乐葩用不用在烹调上呢？真不常见。它不如红酒或白兰地用得多，一般只加在甜品中，也有些意大利人在烤薄饼之前拿把油漆刷在饼上扫上一层果乐葩，但大抵是对此酒入迷的人才会这么做。

伏特加和金酒常在鸡尾酒中当酒底，以果乐葩代替这两种酒，也是新的调酒方法。

如果你问我哪一种果乐葩最好喝，我是答得出的，但不告诉你。喜欢果乐葩有一个过程，那就是每一种牌子都要亲自试一试，尝到你最喜欢的那一种为止。

哈利的酒吧：爱酒之人不可错过

喜欢喝酒的人，一定要去的，是巴黎的"哈利的酒吧"（Harry's Bar）。

天下闻名的鸡尾酒，马天尼、血腥玛丽（Bloody Mary）、蓝色珊瑚礁（Blue Lagoon）、边车（Side Car）、白色佳人（White Lady），都是在这里诞生的。

如果你是一个爱上酒吧的"刘伶"，那么到巴黎去的时候，去喝一杯他们调制的马天尼，已是一个巨大的收获了。

酒吧就在歌剧院的一条小横街上。自从 1911 年开业，哈利吧至今还保持着那个老样子，窄小而又简单的布置，摆着各式各样的酒。但是你一坐下便能联想到，同一个座位，也许是文豪菲茨杰拉德、萨特和名演员玛琳·黛德丽等数不清的历史人物曾经坐过的。

当然不单是虚荣，这里调出来的鸡尾酒最正宗，这才是光顾哈利吧的目的。

流连于酒吧的人通常被称为"酒吧苍蝇"，哈利吧的特色之一是挂在墙上的一面玻璃镜，镜中画着两只戴高帽、穿踢踏舞鞋的苍蝇。这是店主哈利在 1924 年组织的一个国际饮酒协会的标志，团结世上爱上酒吧之人。全球有无数的酒吧参与，至今成员遍布各地。

哈利本人是位传奇性的人物，说他做过间谍也不出奇，电影《第三人》中的冒险家，由奥逊·威尔斯扮演的哈利，也是从他身上得到的灵感。他最好的朋友是海明威，海明威在作品中数次提及哈利和他的酒吧。名作曲家格什温也是在哈利吧创作出了《一个美国人在巴黎》的乐曲。

1958 年，哈利悄然逝世。酒吧接着由哈利的儿子和孙子经营，他们更在慕尼黑、柏林、汉堡、日内瓦和蒙特利开了分店。但是在威尼斯的哈利吧和本店没有直接关系，只是在哈利子孙的允许之下经营，现在全球各大城市都有冒牌哈利吧。主人家摇摇头："花一点儿脑筋，用你们本地的名字去开店吧。要不然，至少也向我们打一声招呼。"

在瑞士的哈利吧分店，一花一木都和巴黎本店布置得一模一样。威尼斯的哈利吧我最近才去过，样式不同，而且兼做餐厅，好在食物够水平，才不至于把哈利的名声毁于一旦。我到威尼斯哈利吧的当天，碰上影展，明星丹尼·德维托和乌玛·瑟曼，都是座上客。我曾经吩咐侍者来几种哈利吧的著名鸡尾酒，但他拿出来的都是意大利式的果汁鸡尾酒，所以到威尼斯哈利吧只能期待好东西吃，喝酒嘛，要到巴黎才行。

巴黎哈利吧的"干马天尼"（Dry Martini）原来的配方是九成的金酒，一成的干苦艾（Dry Vermouth）酒，倒进一个大杯中，加几块冰，用调酒棒搅一下，倒出，即喝。

这个"Dry"，在汉语中不能以"干"来解释，Dry 是一种苦涩味，也是一种空虚的感觉。总之，苦艾酒掺得越少，就越 Dry。哈利吧的酒保会教你一个秘方，那就是倒 100 巴仙的金酒进大杯，然后把冰块用苦艾酒洗一洗，Dry Martini 就更 Dry 了。

不过，世上还有更厉害的，那就是净饮金酒，用眼睛看一看架上的那瓶 Dry Vermouth，就是天下最 Dry 的 Dry Martini。当然，这是笑话。

另一款名牌鸡尾酒"血腥玛丽"的调法，是把冰放入量酒杯中，加三滴的塔巴斯哥（Tabasco）辣椒酱，六滴的牛扒酱（绝对不能用牛头牌，而非用伍斯特牌不可），一点儿盐，一点儿胡椒，半个柠檬的汁，两盎司的俄罗斯伏特加，再把上等的新鲜番茄汁加满，才算是一杯真正的"血腥玛丽"。

许多朋友都有一个梦想，那就是有一天能够在自己喜欢的地方开一家小酒吧。阻止他们开酒吧的最大原因，是老婆不同意，也可能是他们根本不能把一切放下。另外一个借口是："我根本不懂得怎么去开酒吧。"

答案很简单，只要买一本哈利吧出版的 *Harry's ABC of Mixing Cocktails*①，读完已能成为专家，书中不少篇幅教你如何调酒，对于一个成功的酒保是如何训练出来的，也有详细的指导。这本书不止天下的酒保必看，一般读者读了也会有益处，因为哈利在教你调酒之前，先教你如何做人。

这次我到哈利吧，有个奇妙的经历，不能说是愉快的。

喝了一轮酒之后，我以 500 法郎埋单，酒保找给我几十法郎，我最多花了 100 多法郎，数额不对。抗议之后，他打开柜台后的收款机，拿出一沓钞票，说都是面值 200 的，所以我给他的那一张一定是 200。我知道这是酒吧中最古老的骗局之一，酒保乘我没注意就把那张 500 的收入袋中，但无凭无据，我是吵不赢他的。最后我只有一笑置之，他不知道是他给了我写作的数据，激发了我写这篇东西的灵感。赚的稿费，何止于此？各位去哈利吧，切记只用 100 法郎一张的钞票付款。

---

① 这是一本调酒书籍，可译为"哈利鸡尾酒调制入门"，据传很多经典调酒都出自本书。——编者注

第二章

吃是一门学问

吃早饭是一件正经事

热爱生命的人，一定会早起，像小鸟一样，而他们得到的报酬，是一顿又好吃又丰盛的早餐。

什么叫作好？很主观化。你小时候吃过什么，什么就是最好的。豆浆油条非我所好，只能偶尔食之。我是南方人，粥也不是我爱吃的。我的奶妈从小告诉我："要吃，就吃饭，粥是吃不饱的。"

奶妈在农村长大，当年很少能吃一顿饱饭。

从此，我对早餐的印象，一定要有个"饱"字。

后来，做电影工作，和大队一起出外景，如果早餐吃不饱，到了11点钟，我整个人就已饿昏，于是更养成了习惯，早餐成了我生命中每天最重要的一顿饭。

进食时，很多人不喜欢和我搭坐，因为我叫的食物太多，往往会引起他们侧目。我心目中的丰盛早餐包括八种点心：虾饺、烧卖、鸡扎、萝卜糕、肠粉、鲮鱼球、粉粿、叉烧包，还有一盅排骨饭，我一个人能吃个精光。偶尔再来四两孖蒸，时常要连灌两壶浓普洱。

在中国香港，从前早餐的选择极多，人们生活条件改善后，大家起床晚了，可去的地方也愈来愈少。比较有代表性的店中，我会去中环的"陆羽茶室"饮茶，这家店永远保持那么高的水平，一直是那么贵；我还会去上环的"生记"吃粥，粥中材料的搭配变化无穷，不像在吃粥，倒像在吃一顿大菜，价钱却很合理。

九龙城街市的三楼，可从每个摊子各点一些食物，再从其他地方斩些刚烤好的烧肉，和刚煮好的盅饭一起带来。友人吃过，都说这不是早餐，而是食物的饮宴。

把中国香港当中心点，画个圆圈，距离两小时路程的有广州，"白天鹅宾馆"的饮茶堪称一流，做的烧卖可以看到一粒粒的肉，一看就知道不是机器磨出来的。还有中国台北，我会吃的则是街道的切仔面。

远一点，距离四小时路程的，在新加坡可以吃到马来西亚人做的椰浆饭（Nasi Lemak），非常可口。而在马来西亚，吉隆坡附近巴生小镇的肉骨茶，吃了一次，也会从此上瘾。

日本人典型的早餐也吃白饭，配一片烧鲑鱼，一碗味噌汤，并不丰富。我宁愿跑去 24 小时营业的"吉野家"吃上一大碗牛肉丼。在东京的筑地鱼市场可吃到"井上"的拉面和"大寿"的鱼生。有一次，看到一家小店里有个老人家在喝酒，一看表，清晨五点多，我问道："喂，老头，你一大早就喝酒？"他瞄了我一眼："喂，年轻人，你要到晚上才喝酒？"

生活时段不同，习惯各异。我的早餐，是他的晚饭。

爱喝酒的人，在韩国吃早餐最幸福，他们有一种叫"解肠汁"的汤，把猪内脏熬足七八个小时，加进白饭里拌着吃，据说宿醉能即刻被它医好。还有一种奶白色的汤叫"雪浓汤"，天冷时特别暖胃。

再把圆圈画大，在欧洲最乏味的莫过于酒店供应的"欧陆早餐"了，一个面包，配茶或咖啡，就此而已。冲出去吧！到了菜市场，一定能找到"异国情怀"。

我在酒店的服务部拿了当地菜市场的地址，跳上辆的士，到了目的地。在布达佩斯的菜市场里，可以买到巨大的香肠，小贩摊子上单单芥末就有十多种选择，用报纸包起来，一面散步一面吃，还可以买一个又大又甜的灯笼椒当水果，加起来才花了一美元。

在纽约的"富尔顿"菜市场中能买到刚炸好的鲜虾，绝对不逊于日本人的天妇罗，比吃什么"美国早餐"好得多。"美国早餐"和"欧陆早餐"的不同，只是加了一个炒蛋而已，最无吃头。当然，纽约更像欧洲，不像美国，所以才有此种享受。如果卖"美国早餐"的地方只有炒蛋和面包，我宁愿躲在酒店房间里吃一碗方便面。

我是个面痴，回到家里，如果一星期不出门，可以做七种面食当早餐。

星期一，最普通的云吞面，前一天买几团银丝蛋面，再来几张云吞皮，自己选料包好云吞，渌面①吃，再用菜心灼一碟蚝油菜心。

星期二，福建炒面，用粗黄的油面来炒，加大量上汤煨，一面炒一面撒大地鱼粉末，添黑色酱油。

星期三，干烧伊面，伊面先出水，备用，炒个你自己喜欢吃的小菜，但要留下很多菜汁，让伊面吸取。

星期四，猪手捞面，前一晚红烧一锅猪手，最好熬至皮和肉差那么一点点就要脱骨的程度，再用大量浓汁来捞面条。

星期五，泰式"玛面"，买泰国细面条渌好，加各种配料，鱼饼片、鱼蛋、叉烧、炸云吞、肉碎，淋上大量的鱼露和指天椒碎食之。

星期六，简单一点，来个虾酱面，用黑面酱爆香肉碎，黄瓜切条拌之，一边吃面一边咬大葱。

星期日，把冰箱中吃剩的原料，统统像吃火锅一样放进锅中灼熟，加入面条。

---

① 粤语方言，意为"下面条"。——编者注

印象最深的早餐之一，是汕头"金海湾大酒店"为我安排的，到菜市场买了潮州人送粥的小点"咸酸甜"，一共一百种，放满了整张桌子，看到时我哇哇大叫。

之二，在云南昆明的酒店里，摆一张长桌，上面都是在菜市场买到的当天早上刚刚采下的各种野菇，用山瑞熬成汤底，菇类即灼即食，最后那碗汤香甜到了极点。

之三，在战乱时的西贡①，一个商人请我到一个地下室，里面摆的是极好的鱼子酱和香槟。龙虾用来灌香肠。外面炮声机关枪响不绝，这是一辈子再也不能重现的早餐。

活在当下，什么都可以省，水不能省

从小，我就没喝过由水龙头流出来的水。

首先，蓄水池的水不够干净；其次，水管老化生锈，会流出黄泥颜色的水来。记得奶妈要缝一个小布袋，绑在水管口，一两个星期后变色，马上得换新的。

就算过滤了，大人也不让我们孩子喝，一定要煲过，等水凉后装入玻璃瓶中，再用个杯盖盖之。玻璃瓶用久了，底部的沉淀物愈来愈多，

---

① 1976年，西贡正式更名为胡志明市。——编者注

有时还会长出些幼毛来，当今想起十分恐怖，但当年大人说不要紧的。

这种情形之下的水哪里讲得上好喝，我口渴了不是喝可乐，就是学着爸爸饮工夫茶。家父对沏茶水的要求是极高的，一大早就要叫我们四个儿女到花园中采集露水，忙个半天，也收不到一杯半瓶。

一直不知清水的味道，直到去了日本，在小公寓房中连雪柜 ① 也没买，一开水龙头，流出来的水是冰凉的，清澈无比，喝出带甜的味道来了。

这是什么水？问人。地下水呀，回答道。

地下水，原来是大地上的水渗透到地底，经砂石和火山岩过滤，蓄在地下的一个空间，人们再放一条管下去把水抽出来，就叫地下水，如果附近有火山加热，那么喷出来的，就是温泉了。

当年还不知道这样很浪费，买了水果就放在水龙头下冲，冲久了，苹果、葡萄都变得冰凉，更好吃。大家都那么做，就不考虑节约用水了。半个世纪下来，东京的地下水快被抽光了，大家只好买瓶装水来喝。

在中国香港定居后，我最早买的是崂山矿泉水，"有咸的也有淡的"，这句广告词，相信很多老香港人会记得。我当时一箱箱地买，由裕华百货送来。为什么知道崂山水好喝？大醉之后，醒来，喝口煮沸过放凉的水，再喝一口崂山矿泉水，就明白前者一点味道也没有，而后者是甘甜的。

大地的水已受污染，从此我和矿泉水结下了不尽的缘分，走到哪

① 即冰箱。——编者注

里，都要买来喝之。而瓶装的所谓蒸馏水呢？最讨厌了，不但毫无味道，况且什么物质都被蒸馏滤光，拿来浇花，花也会死去的。

崂山矿泉水很难买得到了，用什么代替呢？只有随处都能购入的依云（Evian）了，它的确润滑且带有甜味，和其他矿泉水一比，即刻能喝出分别，像同样是法国产的富维克（Volvic），就平淡得多，也喝不出甜味来。

在外国旅行时，对西餐腻而生厌，只有喝有气的矿泉水来解闷，喝得最贵的是法国巴黎水（Perrier），被美国加州人捧为"水中之香槟"，好喝吗？一点也不好喝，尤其是加了柠檬味的，各位不信，与崂山的有气矿泉水一比，就知输赢。

说到有气矿泉水，首选还是意大利的圣培露（San Pellegrino），它让客人一喝就有满足感，是别的有气矿泉水中找不到的。去到法国餐厅，叫上一瓶有气的水，摆架子而无实际的餐厅会给你巴黎水，但真正好的餐厅，对意大利的水还是"俯首称臣"，一定会给你圣培露。你走进一间法国餐厅，看它给你这一瓶水，就是信心的保证了。

在西班牙的食肆一叫水，侍者即会问"Con gas，sin gas？"也就是有气和无气之分。如果不想混淆，没有气的叫作 Spring Water，有气的叫作 Sparkling Water，这样就不会弄错。

反而是很容易买到的斐济维提岛的 FIJI 好喝，天涯海角的产品，没有受到太多的污染，信得过。

友人住加拿大，说冰川的矿泉水大把，又是几亿年前的冰块融解的，等等，问我有没有兴趣做代理，说有不断的货源可以供应，我即刻摇头拒绝。

要知道，生产一种矿泉水的成本是高昂的，不是水值不值钱的问题，而是需要有一个大商业机构来大力推广，所花的广告费是惊人的，一旦可以进入市场，又会经受资金被压住的风险，有很多百货公司会大量地取货，但付不出钱来。

喝威士忌，如果不是单一麦芽的，混合威士忌是可以加冰掺水的，那更需要一瓶好矿泉水了，不然会浪费掉整瓶酒。就算是单一麦芽的佳酿，也可以滴一两滴佳泉进去，让气味打开。卖威士忌的地方会给你一根吸管，像小时候喝药水的那种，把一头的橡皮球一按，就能吸出几滴来，甚是好玩。

活在当下，什么都可以省，水不能省吧？趁还能在地下挖出干净的水，多花一点钱，买瓶信得过的水吧！

食材若够新鲜，冷食也有好滋味

中国人的饮食习惯，是食物要热了才好吃，人们对冷菜冷饭印象不佳，绝对不能用来招待朋友，好像只能施舍乞丐。我不能苟同。

我一向吃得惯冷饭，就算是一碗热腾腾、香喷喷的猪油捞饭，我也总是放在一旁，等不烫口时再吃。这个习惯或许是天生的，我从小就喜欢等饭凉了，浇点菜汁再吃，一直被母亲骂，也顽固不听。

长大后当穷学生，半工半读留学。在日本一住就是八年，他们的东西也吃冷的，我更如鱼得水。后来踏上电影这一行，一开始就当主管，

盒饭来了，做阿头^①的没有理由抢着来吃，让各个工作人员分完，见有剩，才轮到我，当然已经冷了。冬天冷冰冰的食物，最后还有点难以下咽，但肚子一饿，谁还讨论什么冷吃热吃呢。

在印度出外景时期，地上铺着一张香蕉叶，提供伙食的人把碎不成粒的粗米饭舀了放在上面，连咖喱汁也没有，浇上胡椒水，就那么吃上好几个月，当然也是冷的。

在泰国拍戏时，虽有一个煮食团队，每天做不同的佳肴，让工作人员用一个碟子装了饭，加上菜，拿到一旁蹲着吃，我也照做，但饭是冷的。回到中国香港，家务助理做好菜，我很自然地用个碟子装点菜，不在饭桌上，拿到客厅一角蹲着吃，家里人看了心酸，我倒觉得一点问题也没有，自己喜欢做什么就做什么了。

渐渐地发现，只要食材够新鲜，冷吃也会吃出好滋味来，像河豚，冷了一点也不腥，潮州人的冻蟹也是一个很好的例子，大家都吃冷的。

就算是白饭，像五常米和山形米，即使冷了，也散发出一阵幽香，那不是在热饭中能够闻得到的。细嚼之，吃出的甜味，也是一种享受。

---

① “阿头”在粤语中意为“上司、负责人”。——编者注

西洋人的头盘，也多数是冷的，像庞马火腿[①]和蜜瓜、牛油果和螃蟹肉、各种沙拉等，没有一样是热的。还有冷的汤呢，用西红柿或绿豆熬出来，冻了才有香味。

酒更是喝冷的，最好的花雕不必烫热，就那么冷喝最能感觉酒的香气。日本高级酒，像"十四代"，也都不煲，最多是室温，或喝暖的，日本人叫作Nurukan，你一那么下命令，大师傅即刻知道你是老饕，绝对要好好招待。

寿司基本都是冷吃，一碗鲑鱼子和海胆丼，要是饭一热，就把食物焖熟了，还能吃出什么刺身的味道呢？饭团也基本上是冷的，包了一粒酸梅，或者一点点鲑鱼碎，就那么啃起来，有谁在乎热吃？

在日本旅行，车站的便当叫作"驿便"，每一个县和地区做出来的都不同，火车旅行的最大乐趣也来自吃"驿便"。每一个地区都有特色，到了松阪站当然有牛肉便当，去了北海道多数是螃蟹便当，而下关出河豚，就有河豚便当了。百货公司有便当展览，集合全国的"驿便"，那是一年展览一两次的，而长年都有的可在大都市的东京站、大阪站买到，乐趣无穷，但都是冷的。

冷东西吃多了，总得有点饮料来暖暖胃，从前的"驿便"配着一个陶器造的茶壶，中间放茶叶沏着热茶，免费赠送，后来这种手工陶壶已成为奢侈品，就用塑料茶壶代替，茶叶也不是散的，以茶包代替，风味尽失。

在韩国，所有的泡菜都是冷的，餐前供应的十几二十样小菜，是韩

---

① 　即帕尔马火腿。庞马即意大利北部的城市帕尔马。——编者注

国餐的特点，我最喜欢吃了。有时候还变本加厉，在冷面中加几块冰，而最好的冷面来自朝鲜，证明冷食不一定在炎热的夏天才好吃。

日本人有他们的一套说法，他们一年四季都喝冷冻的啤酒，夏天喝，他们说："热死了，喝杯冷啤酒！"冬天喝，他们说："干死了，喝杯冷啤酒！"

回头说中国餐的冷菜，那简直是天下之大，无奇不有。基本上我爱吃浙江人的酱萝卜、鸭舌、马兰头、酱鸭、羊羔等。大闸蟹上市时，做出来的酱蟹更是天下绝品，那种蟹膏的香味，是要吃到拉肚子才肯放下筷子的。

炝虾和血蚶，更是我的至爱。我喜欢所有的冻食物，像葱爆鲫鱼冷藏后的鱼卵、鱼啫喱、猪脚冻等，也忘不了闽南人的土笋冻。

上海人还有一种失传了的鱼冻，那是用网袋把九肚鱼加入切碎了的雪里蕻煮了，挤出鱼汁来，再拿去做冻，好吃得不得了。

广东菜的冷食更是千变万化，已不可一一枚举，他们做的烧金猪、烤乳猪当然不可冷吃，一冷了皮就不脆了，但是烧腊店里的半肥瘦叉烧，冷了更有一番滋味。

潮州人的鱼饭，基本上都是吃冷的，蘸了普宁豆酱，就那么吃，鲜美至极，冻蟹更是受欢迎。

赞美所有的冷食物，任何冷的我都喜欢。对于冷这个字，不喜欢的，只有冷言冷语。

油炸的爱与憎

油炸的东西，对儿童来说，总是一种令他们抗拒不了的食物。我也不例外，小时候也喜欢。

妈妈手巧，刀背断筋，将猪肉片成片。另一边厢，春碎苏打饼，加点糖，肉片蘸后油炸，食之不厌。

长大了，渐渐远离。那些油炸物，都包了一层很厚的面粉，真正的肉类或海鲜不过就那么一点点，吃了满嘴是油，满口是糊，难吃到极点。

到了外国，才知道愈没有烹调水平的地方，愈喜欢把所有东西扔进油锅里面，炸完捞起算数，好不好吃是你家里的事。美国是一个典型的例子。

英国的国民食物是炸鱼和薯条，中国南方人知道，新鲜的鱼，唯一的做法是蒸，这门技巧他们不懂，又因为海鲜多是冰冻的，只有撒上厚厚的面粉去炸了。搭档的薯条炸得无味，令找对薯条产生了极坏的印象，认为喜欢此物的人，都没什么饮食文化。

到了日本，当留学生时只找最便宜的东西吃，其中有种叫作"克罗凯"的炸面粉球，名字来自法语单词 Croquette，用切薄的肉鱼或蔬菜，混大量粉浆，外层涂面包碎，捏成球状，有的小如核桃，有的大如鸡蛋，再拿去油炸。学生吃的，馅中不过有些薯蓉而已。你说，怎么会好吃？

炸虾也是包了很厚的面粉，再淋上又甜又酸的浓油来掩住冰冻味。我对油炸东西的讨厌程度，已达到忍无可忍的地步了，见了就怕。

当然，这都是年轻时井底之蛙的言语，在诸多尝试之后，才知道炸是一门很深奥的学问，而且世上高手如云，我只是还没有遇到而已。

等吃了上等的天妇罗，我惊叹，怎么会如此美味？师傅说："首先，要把炸这个词搞清楚，在我们的心目中，不过是把生的食物变熟而已，我们用的虾，一定是活的，可以当刺身。我们用的粉浆尽量地薄，蘸到鲣鱼和萝卜蓉汁中，即刻溶化。"

"那么油呢？是不是用高级的初榨橄榄油？怎么可以炸得不感觉有油？"我问。

"用的是山茶花籽油，试过各种植物油之后，发觉这种油最好。橄榄油只适合生吃，不耐受高温。至于怎么可以炸得不感觉有油，哈哈，那是数十年的功夫呀！"老师傅笑着回答。

后来，我在英国也吃过很好的炸鱼，但对薯条始终不感兴趣，到了法国，吃他们用鹅油炸出来的，才知道西方为什么要用"法国炸"[①]这个名字称之，用来送酒，是吃得下的。

美国的油炸食物，如果你不是在美国土生土长的话，我想，再过一百年，也不会感到惊喜。

虽然可以欣赏名厨的炸物，也能享受街边的煎炸小食，像中国各地的炸油条，都是我喜欢的，但是我始终对炸肉类有过敏症，一吃到泰国那种炸得如薄纸的猪肉片，喉咙马上发炎，接着伤风感冒就来了。在南洋，小时候还爱吃一种叫作 Goreng Pisang 的炸香蕉，现在也不敢去碰。不过，走在旺角街头，看见炸大肠，还是忍不住来几块。在炸猪油

---

① 炸薯条的英语名称为 French fries。——编者注

时，当然会炸虾片，看到猪油渣，更是非吃不可。病不病的，管不了那么许多！

我爱吃的还有炸猪扒，用黑猪的西冷（Sirloin）炸出来的，带脂肪的才好吃。但想念猪扒，还是因为有那又酸又甜的浓酱，更吸引人的，是那一大堆椰菜（高丽菜），和猪扒酱配合得特别好。

中国菜之中，炸的不少，一般人的印象只是把食物放进一个大锅中噼里啪啦乱炸算数，大连的董长作师傅说："炸，是烹饪方法中的一大种类，有清炸、干炸、软炸、板炸、酥炸、卷炸、脆炸、松炸等炸法，有的还要炸两次呢。什么食材用什么炸法，绝对不可以一概而论。"

炸两次的还有印度尼西亚的炸锦鲤，在乡下的池塘里，养着人家当宝的五颜六色的鲤鱼，旁边放着一个三人合抱的大油锅，抓到了锦鲤劏①也不劏，就那么像手榴弹一样扔进去炸，炸完捞起，再炸一次，什么骨头都酥了，任何细菌都死了，沾着石臼舂出来的朝天椒、大蒜、虾膏加青柠汁吃，天下美味也。

最讨厌当今的厨子把炸当作偷工减料的手段，什么食材都是拿来炸一下才去炒。"这才节省时间呀。"他们说。我一听就倒胃。像炒胡椒蟹，本来就应该斩件后从生炒到熟才好吃，当今的都是炸了算数。

在菜单上一看到椒盐两个字，我就不点，因为再怎么美名，也都是炸。任何的菜都炸，所有的菜都弄出同一个味道来，真是恐怖得紧。

还是在家里吃好，家里的菜很少炸，是因为家庭主妇往往不肯用一大锅油去炸东西，多数只是煎一煎罢了。煎，我倒是不反对，而且爱吃

---

① 劏，多用于粤语，即宰杀之意。——编者注

得很，同样用油烹调，煎用的油少得多，而且用慢火来煎，味道始终较好，你煎一个荷包蛋就知道了。

炸东西，还是留给餐厅去处理。在家炸了，那锅油循环用，我总觉得会吃出毛病来。日本人更担忧，他们会买一包包的粉，炸完后，把那包粉倒进剩余的油中，油即刻凝固，直接倒进垃圾桶，干净得很。

烧烤是人类学会烹调后的第一课

年轻人对烧烤乐此不疲，夏日冬天都在野外麇集，把各种肉类烧得半生不熟后吞进肚，即使自己的血液给蚊子吸掉，那也乐融融。

人类学会烹调后，烧烤是第一课，这种方式最为原始。有什么比把食物用火烧烤一下更简单的呢？

厨艺进化了，我们才发现原来有盐焗、泥煨、炖、焖、煨、烩、扒、"火靠"、汆、涮、熬、锅、酱、浸、炸、烹、熘、炒、爆、煎、贴、烛、拔丝、琉璃、腊凉、挂霜、拌、炝和腌那么多花样来，那么，为什么我们还要回到烧烤呢？

西方人的厨艺就简单得多了，就算让他们把分子料理算进去，也不过是烤、焗、煎、炸罢了。他们甚少把蔬菜拿去炒，要到近年来才知道什么叫 Wok Fried。至于蒸，更是再学数百年也赶不上广东人，所以就非常注重烧烤（Barbecue，即 BBQ）了。

烧牛扒、猪扒、羊扒我能理解。但他们有个传统，要烧软糖。你可以在《花生漫画》中看到，史努比和胡士托都爱用树枝插几粒软糖烧烤。软糖这种东西，本来就不好吃，烧起来即焦，缩成一团，味道更是古怪，但这是烧烤派对必备的，也解释了为什么我对烧烤不感兴趣。

到了日本，人们宁愿吃生的食物，对烧烤，他们叫作"落人烧"。落人就是失败的人，据传，源氏和平家打仗，后者输了，跑进深山躲避，没有烹调用具，只有以最原始的方法烧制肉类为食，这是日本人最初的烧烤。

到了中东，有烤肉串和挂炉各种进一步的烧法。来到中国人手里，就涂上了酱，用枝铁杆叉了肉在炭上烤。后来还发展到明火烤、暗火烤等热辐射方式，更有在低温 100 摄氏度以下烤制食物的方式，叫作"烘"，或用 200 摄氏度以上的高温，叫作"烘烤"。最高境界，莫过于广东人的叉烧，吃了的人都会竖起拇指称好。

说到底，烧烤炉上的肉，不必用最新鲜柔软的，因为那么烧，也吃不出肉质的好坏。肉多数腌制过，加糖加蒜和各种酱料，就能把劣质或冰冻已久的肉烧得香喷喷。

举个例子，韩国人吃的肉，以烧烤居多。最初是用一个像龟背的铜器制作的，铜器四周有道槽，把腌制过的牛肉就那么在龟背锅上一放，不用去动它，让烧熟的肉汁流进槽中，用根扁平的汤匙舀起来淋在饭上，送肉来吃。

韩国人的生活水平提高后，就发明了一个平底的火炉，把上等肉切成一小片一小片的，往上摆着烧，这么吃虽然比大块牛扒文明，但肉到底是没经过腌制的，味道反而没有便宜的肉好。

日本经济腾飞后，就流行起所谓的"炉端烧"了，其实就是一种变相的烧烤，比从前的"落人烧"高级得多。"炉端烧"什么都烧，肉、蔬菜、饭团，用料要多高级有多高级。由一个跪着的大师傅烧好后，放在一根大木板匙上，送到客人面前。"炉端烧"没什么大道理，只讲究师傅的跪功，年轻的跪不到 15 分钟就要换人。

"烧鸟"是另一种形态，日本人称鸡为鸟，其实烧的是鸡。这种平民化的食物烤起来虽说很容易，但如果有好的大师傅，做出的烧鸟就是不同。温度控制得好，肉就软熟，和那些烤得像发泡胶的鸟有天壤之别。

同样是串烧，南洋人的"沙嗲"就更有文化，主要是肉切得细，又有特别的酱料腌制，烤起来易熟又容易吃进口，如果肉切得太大块的话，水平就低了。东南亚一带，做得最好的是马来西亚，高级起来，还削尖香茅来当签，以增加香味。蘸的沙嗲酱也大有影响，酱不行，就甭吃了。

中国新疆的羊肉串与沙嗲异曲同工，在肉上撒了孜然粉，吃不惯的人会觉得有一股奇怪的味道，爱吃的人却没有孜然粉不行。

在野外吃烧烤，我最欣赏的是南斯拉夫人做的。他们遇上节日，就宰一只羊，制作之前先堆上一堆稻草，把羊摆在铁架上。铁架的两端安装了风车，可以随风翻转。稻草生的火极细，慢慢烤，能烤个一整天。等太阳下山，农夫劳作完毕就把羊拾回家，将羊斩成一块块的，一手抓羊，一手抓一整个洋葱，蘸了盐，就那么啃起来，真是天下美味也。

总之，要原汁原味的话，不能切块，应该整只动物烧。广东人的烧大猪最精彩，先在地上挖个深洞，洞壁铺满砖头，放火把砖烧红，才把猪吊进洞内烧，热气不是由下而上，而是将猪全面包围，这样一来，皮才脆，肉才香。

整只烧烤的动物，还有烤乳牛和烤骆驼。我在中东吃过，发现后者没有什么特别的香味，骆驼肉真不好吃，还是新疆烤全羊最为精彩。

羊烤得好的话，皮也脆，可以就那么撕下来送酒。有人喜欢吃排骨上的肉，说它最柔软；有人爱把羊腿切下，用手抓着大嚼，这种吃法，豪爽多过美味。

我则一向会伸手进羊身，从腰部抓出羊腰和旁边的那团肥肉来吃，这个部位最香最好吃了。古人所谓"脂膏"中的"脂"，就是这个部位吧？这次去澳大利亚我也照样吃了，但年纪一大，消化系统没年轻时强，吃坏了胃，午睡时做个梦，梦见自己变成了一个贪官，被阎罗王抓去拔舌。

一年 365 日，天天吃面都好

（上）

我已经不记得从什么时候起，成了一个面痴。

只记得从小妈妈叫我吃白饭，我总推三推四；遇到面，我却抢着吃，怕给哥哥姐姐们先扫光。

"一年 365 日，天天给你吃面好不好？"妈妈笑着问。

我很严肃地大力点头。

第一次出国，到了吉隆坡，联邦酒店对面的空地是的士站，乘专座长程车到金马仑高原，三四个不认识的人也可共乘一辆。到了深夜，我看见一个小摊，店名叫"流口水"，主要服务的士司机。

肚子饿了，吃上那么一碟，美味至极，从此中"面毒"更深。

那是一种叫福建炒面的面食，只在吉隆坡才有，我长大后去福建，也没吃过同样味道的东西。首先，是面条，它和一般的黄色油面不同，比日本乌冬还要粗，切成四方形的长条。

下大量的猪油，一面炒一面撒大地鱼粉末和猪油渣，其香味可想而知。还带甜味，是因为淋了浓稠的黑酱油，像海南鸡饭的那种。

配料只有几小块鱿鱼和肉片，炒至七成熟，撒一把椰菜、豆芽和猪油渣进去，盖上锅盖，让料汁炆进面内，打开锅盖，再翻炒几下，一碟黑漆漆、乌油油的福建炒面大功告成。

我有了吉隆坡女友之后，吉隆坡去完再去，福建炒面吃完再吃，有一家开在一个银行后面，有一家在卫星市PJ①，还有最著名的茨厂街"金莲记"。

最初接触到的云吞面我也喜欢，记得是"世界游乐场"中从广州来的小贩档，档主伙计都由一人包办，连工厂也包办。一早用竹升打面，下午用猪骨和大地鱼滚好汤，晚上卖面。宣传也由他负责，把竹片敲得笃笃作响。

汤和面都很正宗，只是叉烧不同。猪肉完全用瘦的，涂上麦芽糖，烧得只有红色，没有焦黑色，因为不带肥，所以烧不出又红又黑的效果来。

从此一脉相传，南洋的叉烧面用的叉烧，都又枯又瘦。有些小贩手

---

① PJ 是吉隆坡最早的卫星市八打灵再也的简称。——编者注

艺也学得不精，难吃得要命，但这种难吃的味道已成为乡愁，我还是会专门找来吃。

南洋的云吞面已自成一派，我爱吃的是干捞，在空碟上下了黑醋、酱油、西红柿酱、辣酱，面渌好，沥干水分，混在酱料中，上面铺几条南洋天气下长得不肥又不美的菜心，再有几片雪白带红的叉烧。另外奉送一小碗汤，汤中有几粒云吞，包得很小，皮多馅少。

致命的诱惑，是面中下了大量的猪油渣，和那碟小酱油中的糖醋绿辣椒，有这两样东西，什么料都可以不加，我就能连吃三碟，因为面的分量到底还是不多。

20世纪六七十年代我到了日本，那时他们的经济尚未腾飞，民生相当贫困。新宿西口的车站是用木头搭的，走出来，在桥下还有流莺，她们吃的夜宵，就是小贩档的拉面。

凑上去试一碗，那是什么面？面条硬邦邦的，那碗汤一点肉味也没有，全是酱油和水兑出来的，当然会下很多的味精，但价钱便宜，是最佳选择。

当今大家吃的日本拉面，是数十年后精益求精的结果，于是才有什么猪骨汤底、面豉汤底的出现，要是现在各位吃了最初的日本拉面，我想一定会吐出来。

方便面也是那个年代才发明的，但可以说和当今的产品同样美味，所以我才会吃上瘾，或者说是被迫吃上瘾吧！可以说，那是当年最便宜、最方便的食物，家里是一箱箱地买，一箱24包，年轻人胃口大，一个月可以吃五六箱。

什么？全吃方便面？一点也不错，薪水一发，就请客去，来访的友人都不知日本物价贵，一餐往往要吃掉我十分之八九的收入，剩下的钱，就只够交通费和吃方便面了。

最原始的方便面，除了那包味精粉，还有用透明塑料纸包着的两片竹笋干，比当今什么料都不加的要豪华，记得也不必煮，泡滚水就行。

有人说味精吃得太多对人的身体有害，也有三姑六婆传说方便面外有一层蜡，吃多了会积一团在肚子里面。我不相信这些，方便面是恩物，我吃了几十年，还是好好地活着。

到韩国旅行，他们的面用杂粮制作，又硬又韧。我人生中第一次吃到一大汤碗的冷面，上面还浮着几块冰，要侍者用剪刀剪断，才吞得进去。

但这种面也能吃上瘾，尤其是干捞，混了又辣又香又甜的酱料进去，百吃不厌，至今我还很喜欢。这种面也被制成了方便面，我常买来吃。至于那种叫"辛"的即食汤面，我就远离，虽然我能吃辣，但不能喝辣汤，一喝喉咙就红肿，会拼命咳嗽起来。

当今韩国人当作国民食物的炸酱面，原来是山东移民的专长，即叫即拉。走进餐馆，一叫炸酱面就会听到砰砰碰碰的拉面声，别的什么料也没有，只有一团黑漆漆的酱，加上几片洋葱，就那么吃呀吃。现在它变成韩国人最喜欢吃的东西了，他们一出国，最想吃的就是这碗炸酱面，和中国香港人怀念云吞面一样。

说起来，又记起一段小插曲。我们一群朋友，有一个画家，小学时摔断了一只胳膊，他是一个孤儿，爱上了一个华侨的女儿，我们替他去做媒，女友的父亲说他女儿要嫁的是一个会制作拉面的人，我们大怒，说你明明知道我们这个朋友是独臂的，还能拉什么面？说着几乎要上去打人，对方逃之夭夭。

（下）

去到欧洲，才知道意大利人是那么爱吃面的。

你是什么人，就吃什么东西；意大利人虽然爱吃面，但跟我们吃面的方法完全不同，他们一开始就把面和米煮得半生不熟，说那是最有"齿感"或"咬头"的，我一点也不赞成。

唯一能接受的是"天使的头发"（Capelli d'Angelo）[1]，它和云吞面有异曲同工之处。后来，在意大利住久了，我也能欣赏他们的粗面了，即所谓的意粉。

意粉要做得好吃不易，通常照包装纸上印的说明，再多煮一两分钟就能完美。意大利有一种地中海虾，头冷冻后会变成黑色，肉容易发霉。但别小看这种虾，用几尾来拌意粉，是天下美味。其他的虾不行。用中国香港地区的虾，即使是活生生的，也没那种地中海海水的味道。说起来抽象，但试过的人就知道我在说些什么了。

也有撒上乌鱼子的意粉，中国台湾人不知道，以为乌鱼子只有他们自己和日本人才吃。

撒上芝士粉的意粉，芝士永远不能和面本身融合在一起，芝士是芝士，粉是粉，但有种烹调法，是把像厨师砧板那么大的一块芝士，挖深了，成为一个鼎，把面渌熟后放进去捞拌，这才是最好吃的意大利面。

到了南斯拉夫，一开始我找不到面食。后来住久了，才知道有种鸡丝面，面如牙签般细，也像牙签那么长，很容易煮熟。滚了汤，撒一把

---

[1] 一种非常细的意大利面，比较容易煮熟。——编者注

放进去，即成。因为没有云吞面吃，就当它是了，汤很少，面多，吃此面，以慰藉乡愁。

去了印度，我会找小时候爱吃的印度炒面，这种面要下很多西红柿酱和酱油去炒，配料只有椰菜、煮熟了的番薯块、豆卜和一丁点的羊肉，炒得面条完全断掉，是我喜欢的。但没有找到，原来我吃的那种印度炒面，是移民到南洋的印度人发明的。

我在中国台湾生活的那几年，面吃得最多，当年还有福建遗风，炒的福建面很地道，用的当然是黄色的油面，下很多料，有猪肉片、鱿鱼、生蚝和鸡蛋。炒得半熟，下一大碗汤下去，上盖，炆熟为止，实在美味，吃得不亦乐乎。

台湾本省人做的叫切仔面，所谓切，是渌的意思。切，也可以真切，把猪肺、猪肝、烟熏墨鱼等切片，乱切一通，也叫"黑白切"，撒上姜丝，淋上浓稠的酱油膏当料，非常丰富，是我百吃不厌的面。

他们做得最好的当然是"度小月"一派的担仔面，把面渌熟，再一小茶匙一小茶匙地把肉末酱浇上去，至今还保留着这个传统，面摊里一定摆着一缸肉酱，吃时来一粒贡丸或半个卤鸡蛋，面上也加了些芽菜和韭菜，最重要的是酥炸的红葱头，中国香港人叫它干葱，只要有此物，面就香。

回到中国香港定居后，我也吃上海人做的面，不下鸡蛋，也没有碱水，不香，也不弹牙。我认为这种面没味道，只是代替米饭来填肚而已，但上海友人却不赞同，骂我不懂得欣赏，我当然不在乎。

上海面最好吃的做法是粗炒，浓油赤酱地炒起来，下大量的椰菜，肉很少，但我很喜欢吃，至于他们的煨面，煮得软绵绵，我并没有什么兴趣。

浇头，等于一小碟菜。来一大碗什么味道都没有的汤面，上面淋上浇头，即成。我也不觉得有什么特别之处。我最爱的是葱油拌面，把京葱切段，用油爆焦，就此拌面，什么料都不加，非常好吃。可惜当今到沪菜馆，一叫这种面，问是不是下猪油的，对方都摇头。葱油拌面，不用猪油，不如吃发泡胶。也有变通的办法，那就是另叫一客^①红烧蹄髈，捞起猪油，用来拌面。

中国香港什么面都有，但泰国的干捞面（Ba-Mi Hang），就少见了，我再三推荐这种街边小吃，当今在九龙城也有几家人肯做，用猪油，焯好猪肉碎、猪肝和猪肉丸，撒炸干葱和大蒜蓉，下大量猪油渣，还有其他数不清的配料，面条反而只有一小撮而已，也是我的至爱。

想吃面想得发疯时，可以自己做，每天早餐都吃不同的面，家务助理被我训练得都可以回老家开面店了。

星期一做云吞面，星期二做客家人的茶油拌面，星期三做牛肉面，星期四做炸酱面，星期五做打卤面，星期六做南洋虾面，星期天做蔡家炒面。

蔡家炒面沿袭福建炒面的传统，用的是油面，先用猪油爆香大蒜，放面条进锅，乱炸一通，看到面太干，就下上汤煨之，再炒，看汤干了，再打两三个鸡蛋，和面混在一块，这时下腊肠片、鱼饼和虾，再炒，等料熟，下浓稠的黑酱油及鱼露吊味，这时可放豆芽和韭菜，再乱炒，盖上锅盖，焖它一焖，熄火，即成。

我做梦也在吃面。饱得再也撑不进肚时，中国人说饱，拍拍肚子；

---

① 点餐时常用的量词，即一人份。——编者注

日本人说饱，把手放在颈项；西班牙人说饱，用双手指着耳朵示意已经饱得从双耳流出来了。

我做的梦，多数是能流出面条来的。

寒冷天气里的热汤面，天下绝品

日本人对拉面（Ramen）的爱好和崇拜，已达到疯狂的程度。他们的饮食文化影响了东西方，我认为拉面将会超越米饭面包，成为 22 世纪的主要食品。我们现在来研究一下为什么它能风靡全球。

Ramen 这个名称，日本人总是用假名，不用汉字，原因是这个发音之下，汉字可作"拉面"和"柳面"，日本人搞不清楚最初是以哪一个称呼开始的，便干脆不用汉字。以下的文章也不方便老是用字母，日本人说它是"中华面"，但是已找不到一点中国的痕迹，我就叫它日本面好了。

这碗日本面的扮相很怪，让我们仔细观察观察。

1. 一到两片的叉烧，但他们根本不"烧"，只是块煮熟的猪肉片，他们照称烧豚。
2. 数块腌渍过的竹笋。
3. 一小撮菠菜。
4. 一片鱼饼，正名叫作 Naruto，写为汉字"鸣门"。这片东西的样子最怪，白色底，中间有妖艳的红色卷涡，外层有牙齿状的波纹，吃起来一点鱼味也没有，半甜不咸的，令人产生绝对虚无的感觉。

再加上葱花、一两片紫菜和面条，有时下点芝麻。汤底是生抽的颜色，这便是一碗日本面了。

数十年前，我还是穷学生的时候，这是最便宜的食物，当年的日本面没有现在的考究，只配些竹笋和紫菜，哪里有什么所谓的烧豚？汤底死咸，我们尽叫它为酱油面，因为除了酱油，它的确一点味道也没有。

在日本经济腾飞的那段日子中，日本面被他们发扬光大，先对汤底作严格要求。熬汤的材料包括猪骨、鸡骨、鸡脚、鸡颈和昆布①，一熬便需七八个钟头。

有了那么浓厚的汤底，日本人还要下酱油和大量的味精才算完美。外国人一试，果然美味，即刻上瘾，但是吃完之后口渴死人。

上述是东京人的吃法，叫"东京风"。北海道天气冷，人们需补充油质，所以加了大量的牛油和面豉，配料除了烧豚，改加粟米粒、豆芽等，称之为"札幌风"。这两种风格成了日本面的两大门派。

象征日本面的是那个很大的碗，这个碗外形分四大类，半圆形肥嘟嘟的叫牡丹形，尖的叫扇形，不尖不圆的叫梅形，往外翘的叫百合形。最原始的设计是梅形的碗，碗中有连续格子模样，加一条龙，或一只凤，碗底有个大"囍"字，老土得交关②。人类总是贪心的，对这个大碗，

---

① 昆布，一种具有很高药用价值的海藻。日语中把海带统称为昆布，中国某些地区及一些植物学书籍中也说海带的别名为昆布，但二者在生物学意义上不完全相同。——编者注

② "交关"在粤语方言中指程度大、非常。——编者注

我一见钟情，已有先入为主的"吃得饱"的印象。

日本面店在中国香港开得不少，前些日子经过洛杉矶机场，里面的餐厅也卖日本面。在伦敦，英国人大闹贫穷的时候，出现了 Wagamama 一类的廉价日本面店，大行其道，一年能有 300 万美元的营业额。我曾经试过，这家店把烧豚改为不油腻的鸡胸肉，又加大量的蔬菜和水果，不伦不类，但顾客认为这样才健康，唉，就让他们当饲料吧。这家店唯一可以称赞的是它的名字，日文汉字写为"我尽"，是恣情、放肆的意思，通常可以用来形容一个任性的孩子。

"我尽"是中国人开的，美国的日本面店也多数由外国人经营，日本人本身反而不大敢在外国开日本面店。我有个朋友高本崇行在外国到处开餐厅，问他为什么不开一家日本面店，他回答日本面冷冻后运到国外就不好吃了。说得一点也不差，日本面的确是新鲜吃才美味，从前在京都的金阁寺旁有个大排档，我吃过之后毕生难忘。东京的帝国饭店前，日比谷公园的入口，也有一档，我曾和金庸、倪匡深夜光顾，寒冷的天气之下捧着一大碗热汤面，坐在石阶上大嚼，是天下绝品之一，可惜目前已经换了人做，没那么好吃了。

一直存在的是东京鱼市场筑地外摊的"井上"，一碗面才卖 600 日元，面上铺满烧豚，不像别的店只下一两片那么寒酸，它的汤底也特别浓厚，试过包君满意。"井上"不放酱油或其他酱料在桌上，表示除了胡椒粉，什么都不必加。

在追求完美的日本面的过程中，发现日本八卦周刊每本都介绍这里好那里好，更有无数的书籍。电视中有个追踪日本面的节目。伊丹十三拍了一部全片谈论日本面的电影《蒲公英》。

日本人一钻牛角尖，不得了了。像茶道一样，出现了"面道"，讲究"面龄"。

究竟日本面要怎样吃才算合格呢？

一位面龄 40 年的长者说："首先要欣赏整碗面的外观，看飘在汤上的葱花又浮又沉，然后喝一口汤，把碗放下，在口中仔细地、反复地咀嚼汤的滋味，吞下。再吃面条。"

"烧豚呢？"我已没有耐性听了，插嘴问。

"绝对不可以先吃，"他情感丰富地说，"烧豚是用来看的，一面吃别的佐料，一面看着那两片肉，带着爱情地看着它。"

算了，什么日本面道？一定要按照他们的吃法，不如光顾我最讨厌的麦当劳。

杯面是旅行良伴，安眠好物

美国的一家网站在 2013 年选出了"全球十大味道最好的杯面"，名次如下。

1. 印度尼西亚营多牌（Indo）捞面。

2. 日本日清牌具多多蜜汉堡肉面（Goota Demi Hamburg-Men）。

3. 韩国农心牌辣牛肉味黑色辛拉面。

4. 日本 7-ELEVEn 牌酱油味杯面。

5. 韩国 Paldo 牌辣味鸡肉咕咕杯面（Kokomen Spicy Chicken Cup）。

6. 韩国 Ottogi 牌百岁咖喱杯面（Bekse Curry Myon Cup）。

7. 印度尼西亚 Eat & Go 牌辣味鸡肉杯面（Spicy Chicken Mi Instan Cup）。

8. 韩国 Paldo 牌牛骨汤味（Gomtang）杯面。

9. 日本日清合味道牌咖喱海鲜味杯面。

10. 英国 Pot Noodle 牌"孟买坏男孩"（Bombay Bad Boy）味杯面。

一般的食品和餐厅评价都不会很公平，依照他们本国的口味界定。就算是米其林，也有偏袒。其他的由杂志来评定，下广告的当然较有着数。这个杯面的评选全凭个人口味，由一个叫汉斯·里纳许（Hans Lienesch）的弱视人士所写，他自称从 12 岁开始就迷上了方便面，从 2002 年开始搜罗世界各地的产品，之后在网上写食评，至今尝过 1000 种方便面，写了上千篇网络日志。

我看过他的食评，相当详尽，全面分析面的品质、汤底和配料，并拍下包装样式及背后的数据，以及煮前和熟后的照片，点击量达到了 200 万。为了宣传，方便面生产商也肯寄新产品给他评点。

我对他的判断较为信任，至少他说的不是团体意见，全属个人观点。可以不同意，但不能说他不公平。至于口味问题，全属个人喜恶，我虽然没吃那么多，但也有个人的"十大"排名。首先，要认清楚制作产地，只挂招牌而在分厂制作的，绝对不好吃。

第一名还是"合味道"，最原始的那种，配料有鸡蛋粒、小干虾和小肉块，但我不喜欢他们的咖喱味或其他口味，认为已是"邪道"了。

爱"合味道"，还因为它是第一个出杯面的品牌，在宣传上他们不惜成本，三四十年前就已经在纽约大道上弄了一个冒烟的大广告。

在质量发展上也不遗余力，他们知道杯面一冲滚水，面团就会浮上来，下面的太熟，上面的还是生的，所以他们研发了把面团夹在杯中间的技法，消除了这个弊病。拿到了特许经营权之后，别人不可照抄，直到数年前特许经营执照过期，其他面商才开始采用这个方法制作。

第二名是"元祖鸡骨汤拉面"，它是碗形的杯面，虽然没有像"合味道"那样把面团夹在中间，但面条十分容易浸透，汤料也含于其中，用滚水泡个三分钟即食。同样是日清的产品，注明以 100 巴仙的国产鸡肉制成，里面还有一块四方形的脱水鸡蛋方块，味道好吃得不得了。

另一个值得一提的，是每卖出一碗杯面，公司都会抽取 0.34 日元捐给世界粮食计划署，保证用 3000 万日元赞助世界贫穷儿童。

里纳许的评级，有一年中国台湾的产品没有入围十大，大批台湾网民在网站留言，后来他终于道歉。我认为这种做法十分多余，这是他个人的口味，怎么能抗议？我是爱吃台湾的"维力炸酱面"的，是圆桶形的包装，很细心，打开后就能看到另一个圆筒，里面有两包配料，拿出来打开，把第一包汤料撒在面上，注入滚水，三分钟后把汤倒在空筒中，待喝，第二包是炸酱，拌匀后可以一边吃面，一边喝汤。

这个"维力炸酱面"，排名第三。

第四名是炒面，日本的"U.F.O."，也是日清的产品，原本包装是扁圆形的，像一个飞碟，故有此名。

新的包装也呈四角形，上宽下窄，比圆形的更易熟，只要一分钟。取出液体的调味包和青苔包，再撕开顶上的蜡纸一角，露出有几个小洞的锡纸，就可以把滚水注入，一分钟后，把水从洞中倒掉。

这时面条中间的猪肉干都已烫熟，淋上液体调味料，混拌之后，再撒以青苔末，即可进食，味道酸酸甜甜，非常美味。

第五名是"札幌一番"（Sapporo Ichiban），里面有酱油汤包和小白菜、包心菜、红萝卜及玉米等配料，注入滚水三分钟后即可食用，稳稳阵阵 [1]，没有惊奇，亦不会失望。

第六名是日本的"担担面"，Acecook出品，肉末、葱和担担面料已掺在面中，滚水烫三分钟后加液体的调味包，不是特别辣，花生味十足。

第七名是泰国的"妈妈面"，杯外没有英文名字，分冬荫功和青咖喱两种味道，面条易熟，也很有弹性，吃辣的朋友会喜欢。

第八名才是印度尼西亚的"营多捞面"，它基本上是炒面，有三种调味包，但无配料，吃起来有点寡。

第九名也是印度尼西亚的"Eat & Go"，有五包调味料，属于汤面。

第十名，是杯面的新贵，也是日本Acecook研发的，越南河粉"Oh! Ricey"，分牛肉和鸡肉两种，粉条已经做得像样了，味道还有点淡，吃时加一点鱼露，就更好吃了。

名单中没有韩国产品，我也不担心他们抗议，这是个人喜恶问题。韩国面，没味道，不如加鸡蛋和碱水的面条那么有弹性，做成杯面，好吃程度有限，这是里纳许分辨不出的。旅行时，我行李中总有一碗杯面，是睡不着时的最佳安眠药。杯面万岁！

---

① 稳稳阵阵来自粤语方言，有做事妥当，考虑周到，力求不出错的意思。——编者注

怀石化：一以贯之的精致

大家都知道，所谓"怀石料理"之名，是由僧人坐禅时，腹上放一块暖石，用以对抗饥饿的感觉得来。

日本菜的世界性普及，有目共睹，尤其是在中国香港，一条街上总有几家寿司或拉面店，所有的日本菜都给做尽了，就是怀石才刚刚开始流行。

怀石总会给初尝日本料理的人留下些坏印象。好看而不好吃，是大家对怀石的评语。吃不饱，更是常说的坏话。其实，日本菜哪有什么吃不吃得饱的？最后上的都是泡菜和白饭，那才叫"食事"，之前的都用来送酒，食事多来几碗，不就饱了吗？

怀石料理的精神在于精致，其多在所谓的"料亭"举行，在庭院里小桥流水的环境下进食。光顾的多为政要或文人墨客，绝非喧哗之众。吃时先欣赏碗碟：啊！是哪个窑烧出来的，哪个名人的杰作，一一道来。更注重季节性的食材：菜花、鲣鱼、竹笋等，那种能看到春夏秋冬季节变换的，才是怀石。

西餐受怀石的影响愈来愈深，洋人开始知道一大块牛扒足以饱腹，却又变化不大的原理，推出了"试食菜单"（Tasting Menu）来，分量改小了，种类增多了。

人们经过了鲍参肚翅的"暴发户"心态之后，逐渐出现了所谓的"精致菜"，拼命地在食器上下功夫，推翻了大碗大碟，各道菜一小堆，又学起法国人用酱料在碟上画图案的菜式来。上一次去成都，我就吃过好几家这一类的餐厅，在北京，它们也开始流行了。中国香港的怀石料理，最早做的是香港岛"香格里拉酒店"中的"滩万"，所做的怀石略为大路，没什么惊喜。而中国澳门的"大仓酒店"中的"山里"，由东京总店派来大厨，在开放式的厨房做怀石，非常正宗，水平亦一流，价格也非常合理。

做得出色的还有香港上环的"和牛怀石"，其他按照传统做法，最后再加几块精致的和牛。眼见香港客人已经接受，接着开的是环球贸易广场（ICC）顶楼的"天空龙吟日本料理"，从东京米其林三星的六本木总店派来师傅，精心制作，座位不多，天天爆满。

怀石料理有严谨的规格，上菜次序也不能改，一共有十四道，第一道叫"先付"（Sakizuke），是开胃的小菜。第二道叫"八寸"（Hassun），以季节性食材取胜。第三道叫"向付"（Mukouduke），是当造^①的鱼生。第四道叫"炊合"（Takiawase），由蔬菜、鱼和肉焖煮而成。第五道叫"盖物"（Futamono），是以盖碗做出来的菜，如炖蛋或清汤。第六道为"烧物"（Yakimono），是当造的鱼类烧烤。第七道为"酢肴"（Su-zakana），是用醋腌制的小菜。第八道为"冷钵"（Hiyashi-bachi），是清漱口腔的冷品。第九道为"中猪口"（Naka-choko），是带酸味的汤。第十道为"强肴"（Shii-zakana），是分量较大的主菜，以季节性食材为主，鱼或肉皆宜。第十一道为"御饭"（Gohan），不一定是白饭，可以加当造的果仁或海鲜煲饭。第十二道为"香物"（Kou no mono），是季节性的泡菜。第十三道为"止碗"（Tome-wan），以味噌^②之类的酱汤为主，

---

① 粤语方言，意为"当季"。——编者注

② 味噌是一种调味料，又称面豉酱。——编者注

任意加季节性的蔬菜和鱼肉。第十四道为"水物"（Mizumono），是季节性的水果或大厨精制的甜品。

一餐吃下来，要花数小时。当今也有简化的，称为"茶怀石"，只有向付、煮物、烧物、吸物、八寸、汤桶和香物，共七道。

中国人吃东西，以热食为主，怀石分一道道上，多数凉了，那是劣等的做法，高级餐厅做的，还是烫口。我并不反对中国菜怀石化，但要做到热腾腾的，才是正途。

要是按照严格的次序上菜也行，第一道，可以上杭州的酱鸭舌、马兰头和肴肉，或北京的芥末墩。第二道可以吃春笋之类的新鲜蔬菜。第三道吃潮州鱼生。第四道送上东坡肉。第五道上蛤蜊炖蛋。第六道烤鲥鱼或黄鱼。第七道西湖醋鱼。第八道冰镇芥蓝。第九道正宗的北京酸辣汤。第十道广东蒸鱼。第十一道为东北五常米做的上海菜饭。第十二道是五香腌萝卜。第十三道是四川开水白菜。第十四道为荔枝或老陈皮做的红豆沙。

总之，依时令的食材做出，汤也可以用迷你冬瓜盅来代替。不然，来个蝴蝶扑泉，这是傣族菜，先用个新鲜的竹筒割开三分之一当汤碗，底部固定了，注入清泉水。然后，把鹅卵石烧红，一下子倒入竹筒内，水即滚，喷出一滴滴的水珠，再把鲜虾及鱼片切双飞，放进去灼之，呈蝴蝶状，这种上菜方式是最高境界。

餐具方面，如果能用景德镇的薄胎碗碟最佳，要不然，尽量往天然去想，像大片的竹叶、整个竹笋或芋丝炸出来的篮子等。上次我到北京，见有餐厅用一块柚子般大的岩石，中间挖空，打磨得光滑，整块石头烧烫了，再把生的食材放进去烤熟，也是一件令人赞叹的餐具呀。

传统老店：优雅地传承，矜持地经营

有了米其林之后，东京出现了不少新寿司店，客人慕星星而来，生意滔滔。

好吃吗？我试过，也平平无奇，惊讶的也只有价钱贵而已，但为什么得到星呢？主要是这些新一代的师傅，都会说几句英文，能够把一些做寿司的心得讲给食评者听，而这些普通的心得，已经让他们感动不已了，拼命把星送了上去。

传统的老店，不管你送星或不送星，他们的出品不会有什么让人惊叹之处，保持着一代又一代人传下来的水平，谦虚地、矜持地经营，那份历史的沉淀，那份优雅，也不是米其林食评家能够了解得到的。

其中有一家叫"银座寿司幸"的，开业至今已有130多年了。招牌上的那个大字，是插花界最著名的草月流创办人敕使河原苍风写的。外国人也许不知道此君是谁，但也应该听过草月流传人，著名的电影导演敕使河原宏吧？墙上挂着的，是武者小路实笃的画，另有数不清的皇亲国戚，都是寿司幸的常客。

当今的店主叫冈田茂，是第四代，除了做寿司，还在京都学习日本料理，当年在京都请人做了一批杯盘，沿用至今。他所选的食材，像金枪鱼的 Toro，是腹部最下面那块叫 Shazuri 的部分，又岂是米其林食评人欣赏得到的。

价钱呢？Omakase^①15 000 日元，传统的老铺，有它的自傲，不会乱宰客人。

店不大，柜台坐 11 个人，还有间小房，坐八位。周一至周五只做夜市。星期六有午饭，由十二点开到一点半，晚上五点半到十点半，十点半以后就不接客了。一定要订座。

食材方面，被公认为最新鲜、最多选择的是北海道，因为北海道的食材又丰富又好，又被公认为在北海道养不出好的寿司师傅来，鉴于此，"寿司善"训练出一批刀功最犀利的阪前人来。在东京，也有"寿司善"的分店，Omakase 是 25 000 日元。此店并无米其林星。

星期天休息，要订座。

海鲜再好，也要看季节，米其林食评人走进一家寿司店，指手画脚，师傅摇头，以为要什么没什么，这家店怎能给星？

他们不知道春夏秋冬之分，愿上天原谅他们。

春天得吃"春子鲷"（Kasugo），是连皮吃的。"细鱼"（Sayori）也是这个时期最肥。"鲱"（Nishin）、"帆立贝"（Hotategai）、"墨乌贼"（Sumi-ika）、"平贝"（Hiragai）、"牡丹海老"（Botan-ebi）、"甘海老"（Ama-ebi）等，都是在春天吃。老店除了春天，不卖这些。

夏天有"白海老"（Shiro-ebi）、"车海老"（Kuruma-ebi）、"响螺"（Tsubu-gai）、"虾蛄"（Shako）、"毛蟹"（Kegani）、"荣螺"（Sazae）、"白乌贼"（Shiro-ika）、"虾夷马粪云丹"（Ezo Bafun Uni）、"缟鲹"

---

① 这个词在日语中有"拜托"的意思。在日本料理中，没有菜单、由主厨根据当季食材决定当日的菜品及价格，这种就餐形式被称为 Omakase。——编者注

（Shima-aji）、"鳚"（Kisu）、"穴子"（Anago）、"真蛸"（Madako）、"真鲹"（Ma-aji）等，夏天海鲜比春天多。

秋天反而少了，最得时令的只有四种："鲑鱼子"（Ikura）、"太刀鱼"（Tachiuo）、"喉黑"（Nodogoro）和"枪乌贼"（Yari-ika）最肥。

冬天最多，一共有 20 种："蛤"（Hamaguri）、"青柳"（Aoyagi）、"北寄贝"（Hokkigai）、"赤贝"（Akagai）、"真鳕之白子"（Madara No Shirako）、"鰆"（Sawara）、"虾夷鲍"（Ezo Awabi）、"海松贝"（Mirugai）、"赤海鼠"（Aka Namako）、"魴鮄"（Houbou）、"金目鲷"（Kinmeidai）、"真牡蛎"（Magaki）、"真鲭"（Masaba）、"真鲷"（Madai）、"鰤"（Buri）、"虎河豚"（Tora Fugu）、"鲆"（Hirame）、"小肌"（Kohada）、"黑鲔赤身"（Kuro Maguro Akami）、"黑鲔大腹"（Kuro Maguro Otoro）。

日本金枪鱼有一种叫黑鲔（Kuro Maguro），另名为本鲔（Hon Maguro），也叫作 Shibi Maguro，体重在 20 千克以下的，叫作 Meji Maguro。

最优质的在青森县下北半岛的"大间"捕获，那里离海港只有 15 分钟的距离，金枪鱼即抓到即劏来吃，不经冷冻，再也没有比它更好的了，其中尤以"一本钓"最佳，因为不伤到鱼本身。

另外，在三陆东冲地区，用"鲔延绳船"方法捕捉的大眼金枪鱼（Mebachi Maguro）更为出色，从 100 条鱼中选出最肥的一条，命名为"三陆盐灶"（Higashimono）。

米其林的寿司专家，大概不懂得分别吧？

增鲜提味的师傅

味精，学名为谷氨酸钠（Mono Sodium Glutamate），英文简称为 MSG。它在中国厨艺界中还有一个别名，叫作师傅。

味精是一种能够增添食物鲜味，刺激味蕾的东西。我们常吃的食物中，多多少少都有一点味精，像我们煲的黄豆汤，感觉到鲜甜，就是味精在起作用。

它是怎么制造的呢？最早期用海带提炼，产量少；中期由大豆和麸筋得来，产量也不多；后期大量生产，从粮食中取得。过程十分复杂，并非一般人所能一一了解，要研究的话可先取得博士学位。

友人之中，有两种极端的反应：石琪兄对味精非常敏感，吃后即心跳加速，面红耳赤，口干舌燥；倪匡兄试了大叫好嘢①，自称他们江浙人是吃味精长大的，认为味精非常可口。

有些人还说吃味精可能致癌呢，在 20 世纪七八十年代争论尤甚。

到了 20 世纪 90 年代，许多国家分别进行了试验研究，结论认为味精对人体是无害的。这样一来，我们都可以放心食用了，味精也得到了它应得的地位。

当今，全球有数十个国家生产味精，年产量达到了 40 万吨。

但是为什么还有人一碰到味精就有反应呢？大概是因为这些人体质过敏。像倪匡兄有一个洋女婿，身材高大，是位国家潜水员，他只吃了

---

① 粤语方言，此处有感叹之意，用于喝彩或叫好。——编者注

一粒花生，人即刻倒下了，又怎么说呢？

我见过吃味精吃得最厉害的人，就是四川人。他们爱吃辣喜啖麻，但一碰到略偏咸的东西，就大叫："咸死人也。"

鲜甜的东西也很受他们欢迎，尤其是"鲜"味，一遇到鲜味的食物，他们便如获至宝，吃火锅时，先来一个碗，添一匙味精进去，再倒点汤，把鱼和肉烫熟后就往味精汤中浸，吃得不亦乐乎。

从未尝过味精的人，试了也会惊为天人。我的好友，导演桂治洪，在美国的墨西哥人聚集区开了一家薄饼店，生意滔滔，皆因墨西哥人吃了他的薄饼感到十分甜美，是饼中下了大量味精之故。他说："薄饼吃完大为口渴，可乐又能卖得多了。"

我在墨西哥城拍电影时，住了一年，和尚袋中也藏了一瓶味精。和工作人员一块进食时，常撒一点在他们的食物上，大家纷纷向我索取这瓶神奇的东西，我就是不给。

和倪匡兄一样，我对味精并不反感，生命之中也只有过一次味精中毒的经历，那是在中国台北街头吃早餐的时候，久未到中国台湾，看到小贩卖的切仔面、鱿鱼粳、蚵仔面线等，从每一摊都叫了一碗来吃，那么多，只能各吃一小口，刚好小贩在食物上都撒了一茶匙味精，我吃得满口都是，结果心跳、头昏、口渴，差点便到医院求救。

我在日本生活那八年，也是每天都能够接触到味精，他们的味噌汁，虽说是用柴鱼和昆布熬出，但主要的成分还是味精。

当今许多人对味精谈之色变，但认为日本人的"出汁"（Dashi）粉没问题，其实它还不是味精做的？更有一些大厨，骄傲地宣布："我从来不用味精，只加鸡粉！"

可是，鸡粉不是味精是什么？

家母刚去世，我为老人家吃素时，到了斋菜馆，吃到的东西都加了味精，厨师下味精的手势习惯了，是很难改的。

还是印度斋菜好吃，印度人不懂得用味精，在咖喱中下点糖就算了。我做菜，也尽量学印度人，如果要鲜甜一点，就用糖了。

很多人吃方便面，看到那一小包粉末，即刻大叫"有味精"而将其丢掉，结果泡出来的面口味极淡，一点也不好吃。我做方便面时，也把那包粉弃之，但我先用虾米或小江鱼干熬了汤，有了鲜甜味，才能放弃那包师傅。

为了不用味精，很多人找到了替代品，什么甘草汁、草菇汤等，更有人用甜菊糖，它很甜，可是据说对人体有副作用，结果有的人不敢用，但日本人不吃这一套，他们的很多食物里都有甜菊糖——别以为他们的东西就很安全。

其实，味精的鲜味是在 1908 年由日本人池田菊苗发现的，历史并不长。从前的人要给食物提鲜，用的是什么呢？答案很简单，用上汤呀。

什么叫上汤？一斤 [①] 肉熬出一斤汤来，这汤就是上汤了。大厨通常会用老母鸡来熬上汤，炒什么菜都加上几匙，如果你怕味精，那么照做即可，可惜当今的人都没有工夫，买包家乐牌鸡粉泡上汤就好了，唉！

对味精敏感的人，我有一个建议，那就是熬大豆汤。买几斤大豆，也不需要几个钱。洗干净后，用一大锅水煮三四个小时，剩下的汤汁可以用玻璃罐装起来，放进冰箱，做任何菜都可以加点进去，一定很甜

---

① 斤，中国市制重量单位，1 斤 =500 克。——编者注

美，味精也可以由大豆提炼出来呀！

味精，被日本人称为味之素，有个传说：最早的味之素用铁罐装着，备有一个挖耳朵勺般的小匙，每匙只能下一点，那么一大罐可以用很久，导致味之素销路不佳。后来，有一个职员把装味之素的胡椒瓶似的容器瓶口的洞开大了几倍，这样一撒就是很多，结果销售额果然有所增加。这个人后来被升为该公司的经理。

我曾经问过味之素公司，有没有这么一回事？得到的官方回复是："没听过。"

珍贵食材若被滥用，就成了高级味精

鲍参翅肚曾一度在一些人眼中变成了身份象征。记得早年我和金庸先生一起被请去吃粤菜，出现的鱼翅只有几条，像在碟中游泳。龙虾已冰冻得发霉，鱼蒸得脱皮脱骨，干鲍鱼是四五十头的，花胶薄似纸。最后的燕窝又稀得如秃头老人那几条剩下的头发。一切不堪入口。埋单，六个人吃的一餐，盛惠八万元人民币，主人一脸骄傲，直问："好不好吃？"

暴发户心态，培养出一群只问值价不问价值的食客，造就了无数的黑店。每到一间所谓"高级"的餐厅，老板都跑来问我："世界上还有什么贵的食材？"

我无奈地回答："有呀，鱼子酱、黑白松露菌、鹅肝酱等，都是。"

想不到，没有这些配料的菜，便难登大雅之堂。这些食材非加不可，像从前的"师傅"一样，已成为高级的味精了。

吃西餐，当然要先叫这几道菜，连日本的怀石料理也得屈服，加些鱼子酱在金箔下面。曾经有人设计了一顿"豪华宴"，第一道菜烤乳猪，就在脆皮下夹了一片厚鹅肝，结果太肥太腻，把食客吃得个个拉肚子。

大家并没有吃怕，鹅肝继续大行其道，只要是贵的就好。本来，就算在法国也只有佩里戈尔（Perigord）才有的优良产品，当今很多地区都生产，而真正的法国货，在法国本土也只占少数，其他的，由匈牙利进口。

鹅肝这种东西，我有亲身经验，小时候吃过一次坏的，有股死尸般的味道，吓破了胆，害我几十年不敢去碰，后来在法国生活时，再次尝试到上等的，才完全改观，这损失多大啊！

鹅肝虽然味美，但也充满了脂肪，需要用甜的食材加以中和。在佩里戈尔吃时，是一层果酱一层鹅肝，也不过是浅尝而已，哪会那么穷凶极恶地一大块一大块地吃呢。

松露菌一流行，每家西餐厅都开始卖，不是季节也卖，用的当然是罐头的，是当今意大利大量生产的由人工培植的次货，磨碎了变成酱，做任何菜都加上一两匙，就能卖高价了。有时，只是淋上松露油而已，而这种油中没有任何松露，都是人工调配出来的，味道有点像放出来的臭屁。

松露菌的身价被抬高，连日本松茸也受到了重视，秋天当造时，只要放一两薄片，整壶汤都有香味，但价贵，有人就从韩国进口，可香味大减。知道云南也产松茸，人们又去大量收购。

鱼子酱是好东西，卖得贵嘛，鲟鱼已是濒临绝种的动物，海水又被污染，没剩下多少条了。好啊！人工养殖，不就能解决问题了吗？

不不不，这样一来，鱼子酱的美味全失。天然的鱼子，全靠配酱过程，俄罗斯也产鲟鱼，但他们的鱼子酱咸死人，只有门外汉才大叫好吃。黑龙江鸭绿江也产鱼子酱，也非常咸。

那么，减盐吧，可一减盐，鱼子酱就会霉坏，就又会生死尸味道出来吓人了。

最好的鲟鱼，从腹中取出鱼子来，马上就得腌制，而盐的分量，能下得刚刚好的，也只有几个伊朗人懂得。这世上，只剩下那么六个人了，死了一个，当今只有五人，能做出多少来？

"还有什么可以卖得贵的，快说来听听。"老板们又命令。

"西班牙火腿呀。"

"什么？没听过，只知道意大利庞马的好吃。"

一被发现，大家又抢着吃了，什么12个月的、24个月的、36个月的，只吃橡树的果实长成的伊比利亚黑毛猪，又被抬高身价。腿被吃完，身上其他部分的肉也好呀，伊比利亚黑毛猪的猪扒、猪颈肉做出来的菜，也被大力赞好。看来，西班牙的经济，今后可以靠这只黑毛猪了。

这些食材，最终总是要被我们吃光的。再怎么快速养殖，也赶不及我们的胃消化的速度。大闸蟹再怎么养，也不够吃，但是若用化学品将它们逼大，就什么味道都没有了。

无酱不欢

我吃得很咸，嫌一般菜不够味，必点酱油不可。我的"无酱不欢"指的酱，不是花生酱或 XO 酱，而是原原始始的酱油的酱，非常咸。其中也包括同样提供了咸味的鱼露，有些北方人把它叫作虾油。

为了证明我的确爱酱油，你可以到我的厨房看看，一打开柜子，其中至少有数十瓶不同的酱油和鱼露，令人叹为观止。书架上，还有数本关于"如何制造酱油"的书，有朝一日，等我移民到充满阳光和橙子的加利福尼亚州，就自己做起酱油来。

我一向认为做什么菜就要用什么酱油，不能苟且。在海外开中国餐厅，广东菜用广东酱油，北方菜用北方酱油，一定要从厨子的故乡运到，如果用不同的，做出来的菜马上就不像样了。而且，酱油并非贵货，老远运来也不花几个钱，这也能代表餐厅做菜认真。

我家的酱油，最常用的是新加坡产的"大华"酱油，当地人叫"生抽"为"酱青"，"老抽"为"豆油"，我在新加坡出生，做起家乡菜，我得用那边的酱油了。

另一种爱用的是日本酱油，我在日本生活了八年，多少受到了影响。从"万"字牌最普通的酱油用起，到点鱼生吃的"溜"酱油，至少有数十瓶。"溜"是壶底酱油的意思，味道带一点点甜，用来点鱼生。而我做中国菜有时也用日本酱油，主要是日本酱油经过火煮，也不会变酸，做红烧肉最为适合。

来了中国香港，当然要蘸香港酱油了，"九龙酱园"的产品，我经常有五六瓶备用。最初广东人才分"生抽"和"老抽"，其他地方的人常常听不懂，只知一种是浓、一种是淡，讲起第一次由豆浆中挤出来的"头抽"，他们听了更摸不着头脑。

当然有很多其他牌子，但"九龙酱园"是可以代表中国香港的，它的老抽非常之香浓，而且带有甜味，比日本人的"溜"好得多。至于生抽，也很有水平。

中国香港的食材，有九成以上从内地运来，酱油也不例外。来到香港，我第一次接触到的内地酱油，就是"草菇酱油"，它属于又黑又浓的老抽品种，有没有加草菇叫吃不出。带甜味，糖是一定下了的，我也爱用至今。

我吃的酱油并不一定是一味死咸。带甜味的，不管是天然由豆中产生，或者是加了糖，我都不会介意，全都喜欢。

"甜"这个字，广东人有时作"甘"，这个甘并非一味指甜，像吃苦瓜时吃出的美味，也叫"甘"。名副其实地甘的酱油，我也爱吃。中国台湾"民生食品工厂"制造的"壶底"酱油，是我餐桌上必备的一种，它下了甘草，所以有甘味，一瓶小小的，像塔巴斯哥辣酱那么大，就卖得相当贵。有一次我自己用甘草和普通生抽来制作，也有同样的味道，不过酱油一次能吃多少呢？贵就贵吧！我到中国台湾旅行时就会购入，没有断过。最近这家工厂又出产了一种叫"炭道"的系列，说是用青仁黑豆，经长时间储存，以特殊酿造方法，取壶底油浓缩之纯正壶底油精云云。说了老半天，还是在酱油中加了甘草和糖罢了。

餐桌上另一小瓶，是越南的鱼露，双鱼牌，有 60 巴仙的浓厚度，倒出来黏黐黐的，像糖浆，味道十分强烈，不是一般人受得了的。如果你嫌太腥，那么买泰国的鱼露好了，我也时常用，要认明是"蓝象"（Blue Elephant）牌的才好。

中国香港的鱼露厂已越来越少了吧？从前有好几种鱼露的水平都很高，当今已找不到了，仅存的有"厨师牌"鱼露，由李成兴鱼露工厂制造，味道属于泰国式的淡，不是越南式的浓。

做东南亚菜时，当然要用当地酱油，像印尼炒面，就得去买他们的 ABC 牌的甜酱油（Kecap Manis）。印度尼西亚人最初不会分辨甜酱油和番茄酱，所以在给它起名时用了番茄酱的同音词。印尼炒面少了它，就没有印度尼西亚味了，就不好吃了。因为它又甜又浓，价钱又便宜，所以许多卖海南鸡饭的铺子，都用印度尼西亚酱油来代替新加坡酱油。

其实，鸡饭酱油还是海南人做得最正宗，他们有秘方，不公开。我的海南酱油是新加坡"逸群鸡饭"的老板送的。我们互相欣赏，因为我喜欢，他就给了我一个油桶那么多的酱油，吃到现在还吃不完，真谢谢他。

酱油实在是一个非常有文化的国家的产品，非原始的盐可比。任何难吃的东西，加上一点上等的酱油，都会变成佳肴。但是，遇到巧手的主妇，做菜根本不用点酱油，像妈妈这一类的人物做的菜，咸淡适中，酱油都失去了作用。不过，当今能尝到的不点酱油的菜，少之又少，所以，我的厨房中还摆着那么多瓶的酱油。

将平庸食物变佳肴

食物一不咸，就不好吃了。西方人拼命撒盐，而我们用豆来增加盐的香味，结果就做出酱油了。

酱油有很多种，广东人把颜色浓的叫作老抽，淡的叫作生抽。南洋人称前者为豉油，后者为酱青。而北方人就不太分别了，他们点醋多过用酱油，到了餐厅请侍者来一点，拿出来的也是黑漆漆的"咸水"，并不那么讲究。

日本人的酱油也用得多，吃寿司时一定要蘸，用的是壶底的那部分，称之为"溜"，较浓，带天然的甜味。一般家庭用的，则只是大量生产的"万"字牌酱油了，它也有好处，那就是用来煮东西时，不会发酸。日本人吃拉面时是不加酱油的，所以你到拉面店，在桌子上看不到。

在中国台湾，除了一般的酱油，人们还点酱油膏，它是经过粉和糖处理的一种调味品，非常之浓，点灼熟的东西特别美味，通常以西螺地区出产的最佳，请认准"瑞春酱油厂"的"正荫油"，指定是"梅级"的方为上选。

再下来就是醋了，没有酸味的刺激，人们的胃口也容易不振，尤其是以醋为饮品的镇江人，不可一日无此君，任何谷类或果实都能够制成醋，还有一句"酿酒不成反成醋"的俗话呢。最基本的应该是米醋吧。意大利人也着重吃醋，桌子上必有橄榄油和醋，他们讲究吃陈醋，一瓶古董醋，卖价比金子还要贵。

辣椒酱是四川人和南洋人的命根，其实墨西哥人也都吃辣，美国南方人亦好辣，其所产之小玻璃樽辣酱塔巴斯哥风靡全球，印度反而没什么辣酱，还是东南亚的花样多，加盐加糖加醋。

近年兴起的是 XO 辣酱，连西方名厨也惊为天物，将它纳入菜谱之中。大家都承认这是中国香港人的杰作，也有人说是半岛酒店的嘉麟楼最先做的，但我们都知道这是由导演朱牧先生的太太韩培珠原创，当年她做来送朋友吃，从不公开她的秘方。后来的大厨也纷纷模仿，但味道远不如韩女士做的，我们幸好是有福气尝到的一群人。

很多人以为北方人不会欣赏鱼露，但虾油是吃涮羊肉时的重要佐料之一，那就是鱼露的一种。在南方，潮州人最爱用鱼露，他们移民到南洋，把这个文化带到了泰国。鱼露也成了越南的"国食"之一。

原来日本人也用鱼露，秋田的"Shyotsuru"最闻名，用一种叫Hatahata 的鱼腌制，出现在市面上的也有各种鱼浸出来的鱼露，其中由甜鱼"鲇"（Ayu）做的最受欢迎，九州岛产的居多。

西方的酱料影响到中国菜的是伍斯特沙司（Worcestershire Sauce）[1]，名字太长，通常我们叫作嗜汁，由 Lea & Perrins 厂制作，据说从前它是家药水店，这个酱原来是用麦子做的醋，做完放置多年没人来取，工作

---

[1] 即辣酱油。——编者注

人员刚要把这桶东西丢掉时拿出来一试，味道好得不得了，从此闻名。中国菜中凡是炸出来的东西，都可以点这种噲汁，师傅们还把它发展到各种菜式里去。在日本，吃炸猪扒的酱，也由这个西方酱汁演变而来。

Ketchup（番茄酱、茄汁）这个词连西方料理专家都认为是福建人发明的，马来人也用了，它已成为美国人不可缺少的一种酱料，热狗非加茄汁不可。其实它是大量生产的，加了很多淀粉和糖醋，与意大利人做的天然番茄酱截然不同。Ketchup 这个名词留在了印度尼西亚人的生活中，变成了"浓酱"的代名词，他们最爱淋的甜酱油，就叫 Kecap manis。

热狗中的另一种酱是芥末酱，美国人吃的那种不呛鼻，又带甜味。原产的是英国 Colman's 牌，我们都很亲切地叫它为"牛头牌"。芥末酱也用在各种中国菜里面，广东人餐桌上必有一碟红色辣椒酱和黄色芥末酱，优待客人时还叫作"免茶芥"。至于闻名于世的法国 Dijon 芥末，却是非常温和的。

奶油酱（Mayonnaise）[①] 基本上是用蛋黄、橄榄油、醋，加上甜椒、盐、芥末和糖做成。吃沙拉时已少不了它，用薯仔、蔬菜和水果小方块，加奶油酱拌得一塌糊涂，就是人们对沙拉的印象了。粤菜的炸物中也用它，中国台湾人也爱吃，青竹笋上淋了奶油酱，特别有风味。

真正老饕爱吃的奶油酱叫作 Aioli[②]，西班牙的加特兰人做得最正宗，先把大蒜捣碎，然后在臼子中加蛋黄和橄榄油，就此而已，做时一定

---

① 即蛋黄酱。——编者注

② 即蒜泥蛋黄酱。——编者注

要按顺时针方向捣拌，将橄榄油徐徐加入。家庭主妇做这种酱料最为拿手，用它来煮海鲜或肉，就那么点面包下酒也行，好吃得不得了。

当今奶油酱料的发展已愈来愈丰富和复杂，而且代表了一个国家的菜，像用山葵加奶油的，就是日本菜，用大蒜辣椒酱加泡菜汁的，就是韩国菜，冬荫功料拌出来的是泰国菜，用宫保鸡丁酱的当然是中国菜。将所有的酱料拌在一起，广东人称之为混酱，这个词的发音也是混账的意思。

逐臭之夫

"逐臭之夫"在字典中的第一个解释是："犹言不学好下向之徒。"这与我们要讲的无关，接下来的解释是"喻嗜好怪癖异于常人"，这就是此篇文章的主旨。

你认为是臭的，我觉得很香。洋人亦言"一个人的美食，是另一个人的毒药"，实在是适者为珍。

最明显的例子就是榴梿了，强烈的爱好或特别的憎恶，并没有中间路线可走。我们闻到榴梿时喜欢得要命，但我曾在报纸上见过一段新闻，说有几名意大利人，去到旺角花园街，见有群众围着，争先恐后地挤上前，东西没看到，只嗅到一阵"毒气"，结果七八人之中，有六个人被榴梿的味道熏得晕倒。此事千真万确，可以寻查。

中国的发霉食物特别多，有些省份，家中人人有个臭缸，什么吃不完的东西都摆进去，发霉后，生出碧绿色的菌毛，看着吓人，却成为美食。

黄的、红的臭豆腐都不吓人，有些还是漆黑的呢。上面长满仿佛会蠕动的绿苔，发出令人忍受不了的异味，但一经油炸，又是香的了。

一般人还嫌炸完味道会跑掉，不如蒸的香。杭州有道菜，用的是苋菜的梗，普通苋菜很细，真想不到那种茎会长得像手指般粗，用盐水将它腌得腐烂，皮还是那么硬，但里面的纤维已化为浓浆，吸食起来，一股臭气攻鼻。用来和臭豆腐一起蒸，就是名菜"臭味相投"了。

未到北京之时，受老舍先生的著作影响，我对豆汁有强烈的憧憬。在北京找到了牛街，终于在一家店里喝到了豆汁。最初只觉得喝了一口馊水，后来才吃出香味，怪不得当年有一家名店，叫作"馊半街"。

不知者以为豆汁就是大豆磨出来的，像豆浆，坏不到哪里去。其实是绿豆粉加了水，沉淀在缸底的淀粉呈现灰色，像海绵的浆，取之发酵后做成的，当然馊。

南洋有种豆，很臭，人们干脆就叫它臭豆，用马来盏来炒，尚可口。另有一种草有异味，人们也干脆叫它臭草，可以拿来煮绿豆汤，引经据典发现，原来臭草，又名芸香。

这些臭草、臭豆，都比不上"折耳根"。我有一次在四川成都吃过，不但臭，而且腥，怪不得它又叫"鱼腥草"，但一吃上瘾，从此只要见到此菜，都非点不可。食物就是这样的，一定要大胆尝试，吃过之后，才发现又有另一个宝藏待你去发掘。

芝士就是这个道理，越爱吃的人越追求更臭的，牛奶芝士已经不够，进一步去吃羊奶芝士，有的芝士臭得要浸在水中才能搬运，有的要霉得生出虫来。

洋食物的臭，不遑多让，他们的生火腿就有一股死尸般的味道，与金华火腿的香气差得远，那是腌制失败后出现的，但有些人却就是要吃这种失败的味道。

其实他们的腌小鱼（Ahchovy）和我们的咸鱼一样臭，只是他们自己不觉得，还把它们放进沙拉中搅拌，才有一点味道，不然只吃生菜，太寡了。

日本琵琶湖产的淡水鱼，都用发酵的味噌和酒曲来腌制，叫作Nuka Tsuke，也是臭得要死。初次尝试的外国人都掩鼻而逃，我到现在也还没有接受那种气味，但腐烂的大豆做的"纳豆"，我倒是很喜欢。

伊豆诸岛独特的小鱼干，用"室鲹"（Muro Aji）晒成，是著名的"臭屋"（Kusa Ya）。闻起来腥腥的，还不算什么，但一经烧烤，满室臭味，日本人觉得香，我们却受不了。

虾酱、虾膏，都有腐烂味，用来蒸五花腩片和榨菜片，不知有多香！南洋还有一种叫"虾头膏"的，是槟城的特产。整罐黑漆漆，如牛皮胶一般浓，小食"罗惹"或"槟城叻沙"少了它，就做不成了。

"你吃过那么多臭东西，有哪一样是最臭的？"常有友人问我。

答案就是韩国人的腌魔鬼鱼，叫作"魟"，生产于祈安村的，最为名贵，一条像沙发咕臣①一样大的，要卖到七八千港元，而且只有母的才贵，公的便宜，所以有些渔民一抓到野生的，即刻斩去其生殖器。

传说有些贵族被皇帝放逐到小岛上，不被允许吃肉，每天三餐只是白饭和泡菜，后来他们想出一个办法，抓了魟鱼，埋进木灰里面等它发酵，吃起来就有肉味。后来这样的鱼成了珍品，还拿回皇帝处去进

① 即沙发垫子、抱枕。——编者注

贡呢。

腌好的魟鱼上桌，夹着五花腩和老泡菜吃，一塞入口，即刻有阵强烈的阿摩尼亚味[①]，像一万年不洗的厕所，不过如韩国人所言，吃了几次就上瘾。

天下最臭的，魟鱼还是老二，根据调查，第一臭的应该是瑞典人做的鱼罐头，叫 Surstromming。用鲱鱼做原料，生劏后让它发霉，然后入罐。通常罐头要经过高温杀菌，但此罐免了，鱼在铁罐里再次发酵，产生强烈的气味，瑞典人以此夹面包或煮椰菜吃。

罐头上有字句警告，开罐时要严守四点：

1. 开罐前放进冰箱，让气体下降。
2. 在家中绝对不能打开，要在室外打开。
3. 开罐前身上得着围裙。
4. 确定风向，不然吹了下去，不习惯此味的人会被熏昏。

有一个家伙不听劝告，在厨房一打开，罐中液体四溅，味道有如十队篮球队员一起除下数月不洗的鞋子，整个家，变成了名副其实的"臭屋"。

---

① 即氨水味。——编者注

关于水果的小故事

看西红柿，愈来愈红，一个比一个大；见到粟米，又肥又黄，甜得令人难以置信。有人说："都是基因改造的吧？"

绝对反对吗？我认为有些改造是可以接受的，把植物接枝，一棵树长出两种花，配合得协调的话，还是美的。

有一次和中国台湾出版界名人詹宏志吃饭，他告诉了我一个故事。

"我是在乡下长大的，那时候并不知道水果要用钱买。家里会种，去到学校同学会送，和一群野孩子在山中采，都没花过一分一毫。

"上初中，第一次到台北，是去参赛的。有位邻居，发明了一种水果的种法：一棵梨树，通常长出五朵花，长五个小果，剪掉四个，让剩下的一个得到全部营养，长出又甜又大的梨来。我这个邻居，认为扔了十分可惜，就把果子剪下来后，在树枝上削去一道口，接枝上去，那四个全部能成功地成熟起来。

"这样一来，果子的数目多了，本来成熟期只是一个礼拜的，延迟接枝后，水果的生产期可以拉长，让人们有更长的时间去欣赏。我们听说台北有个水果发明奖，就路途遥远地跑了去，结果错过日子，没赶上比赛，又回到乡下去了。"

詹宏志没说，这个果农的发明后来有没有得到肯定。中国台湾鼓励水果的种植，一有新品种就能得到一大笔资金赞助。像改造过的苹果杧，又红又大，就是一个例子。

但我还是爱吃中国台湾的土杧果，绿颜色，苹果般大，很便宜，一买就买上一箩，拿回家，装一桶水，铺张报纸在地上，就那么吃起来，甜得像蜜糖。吃个不停，天气热，又没冷气，最后吃得一身大汗，用毛巾一擦，汗还是黄色的呢。说这个故事，没人相信，我自己喜欢罢了。

谈美食，三年也说不完

和小朋友聊天，她笑道："天下的美食，都给你试过了？"

"瞎说。"我轻骂，"再活三世，也不一定能吃得完。"

"给你一张会飞的地毯，现在要去哪里就去哪里，有什么东西最先入脑？"

"我忽然想吃火腿。"

"啊，庞马火腿加蜜瓜？"她问。

"庞马的虽然很软熟，但到底韵味不够。现在大家都在流行吃西班牙的黑猪腿，可别忘记意大利达有一种很突出的，叫圣丹尼（San Daniele）。"

"在意大利的什么地方？"

"靠近华隆那的特雷维索（Treviso）小镇，本身就是一个很古老、很漂亮的地方，又靠海，那里的天气和湿度特别适合风干火腿，什么化学物都不加，只用海盐腌制，肉是深红玫瑰色，香得不得了，不比西班牙的差，又没被追捧，价钱相对便宜，每年六月有个火腿节，各制造商都推出来让过路客人任吃。"我一口气说完。

"专门卖食物的商店呢？巴黎的馥颂（Fauchon）怎么样？"

"馥颂的种类齐全,又很高级,希腊小岛生产的乌鱼子也给这家公司包下来卖,但是说到店里的装修,还是莫斯科的耶利谢耶夫斯基（Yeliseyfusky）厉害。"

"你去过了吗?"

"没去过,但是单单看图片,就深深吸引了我,整间店的楼顶有三四层高,食物架子像大教堂中的风琴,摆满了鱼子酱和伏特加,以及全世界最高级的食品。"

"哇,那么厉害?"

"这家店铺把新艺术风格的装修艺术保存得尽善尽美,是我最想光顾的地方。"

"还有别的吗?"

"每年五月的第一个星期六,德国的施韦青根（Schwetzingen）有一个白芦笋节,那里种的芦笋特别肥大香甜,以前是只有国王才能享受的,如果你去到当地,就可以免费大吃特吃了。"

"告诉我,白芦笋和绿芦笋的分别。"

"白芦笋种在泥沙的地质上,遮挡住阳光,能让它变得又软又甜,如果看到笋尖变紫色,已没那么完美了。"

"德国菜,好吃吗?"

"不好吃,而且种类像他们的人种那么刻板,没什么变化,但是原料无罪,那里的白芦笋的确是其他国家比不上的。"

"施韦青根在德国的什么地方?"

"就在著名的大学城海德堡附近,吃完芦笋顺道到海德堡一游,听听《学生王子》的歌剧,不亦乐乎。"

"美国呢?"

"除了纽约，很难有什么城市能够吸引我去。尤其是'9·11'之后，杯弓蛇影，草木皆兵，过海关被当成恐怖分子那么查，何必受那种老罪？"

"没有一种食物让你非尝不可？"

"我认为唯一能称为美国美食的，只有一种辣椒豆。而新墨西哥州圣菲（Santa Fe）是我想去的。"

"有什么那么特别？"

"那里的辣椒节集合了全国的嗜辣者，你只要做出一道有创意的辣椒菜，被选中后就可以终身免费去吃。有很多烹饪班，教你怎么把辣椒做得尽善尽美。最出名的辣椒餐厅叫 Coyote Cafe，另外两间是 Amavi 和 La Casa Sena。"

"大排档呢？"

"到全世界最大的市集，摩洛哥的马拉喀什（Marraakech）去，那里别说吃不完，走都是走不完的，把天下的香料都集中在了一起，任何蔬菜和肉类，除了猪，都齐全，牛羊内脏烤得让人流口水，价钱也便宜得让人发笑，上网一查就知道。"

"为喝酒而去的呢？"

"到大西洋的小岛曼蒂拉（Madeira）[①] 吧。古时从欧洲把酒运到南洋，酒会变坏，在路途中间的这个小岛上，航海家发明了把白兰地加进餐酒中的方法，这么一来酒

---

① 　即马德拉岛。——编者注

就停止发酵了，而且变得更香更甜。曼蒂拉酒的年份都是老的，最年轻的一支是 1977 年的华帝露（Verdelho），一杯 10 美元左右，卖到 100 美元的是 1908 年的布尔酒（Buel），最甜的是玛尔维萨（Malvasia），一点儿也不贵，喝杯曼蒂拉酒，人间乐事也。"

"还有吗？还有吗？"

"还有，还有。三年也说不完，别说下去了。"

第三章

吃在四方

吃一餐创意十足的"有趣"料理

文华酒店的扒房①，近来加了最新派的分子料理。友人宴客，请了我去参加，地点在库克厅（The Krug Room）。

库克厅很神秘，躲在二楼扒房对面 The Chinnery 酒吧的后头，一走进去看到有栋玻璃墙，可以偷窥文华酒店的中央厨房，也能见到厨师为我们准备的这一餐分子料理。

顾名思义，库克厅以著名的香槟为名，客人当然主要是喝香槟酒。库克香槟已经被路威酩轩集团买去，这个集团也早已买了更著名的香槟厂——唐培里侬香槟王（Dom Perignon）。

传说中，起初路威酩轩这个人机构命令产量不多的库克大量酿酒，降低水平。但事实上路威酩轩并没有这么做，让一切都顺其自然，法国老饕才安了心。

库克香槟，连无年份的陈年香槟（Grande Cuvée）也至少经过六年才出厂，更高级的要酿到十年以上。喝库克酒，好年份是 1989 年、1988 年和 1985 年。但是接近最完美的阶段，要 1981 年的才算是喝得过的。

室内的长桌上，摆着一个个花瓶，每瓶插上一朵鲜红的玫瑰花，至少有 20 多瓶。长桌上面的灯饰，是用一套套餐具倒吊组成的，设计甚为特别。

当晚的菜名用粉笔写在靠门的黑墙上，共十三道菜："石头烤""黄

---

① 即五星级酒店内的高级餐厅，提供一流的服务和高级的食物。——编者注

金鱼子酱""僵尸""雨水""西班牙海鲜饭寿司""龙虾面""Krug 葡萄""羊毛""黍米鸡""蚝""早餐""夏湾拿之旅"和"化妆"。单单是菜名，就已经够怪的了。

第一道上桌的菜，在一片平石上，摆着黑白的鹅卵石，樱桃般大小。厨师出来解释用了什么原料和什么做法，并提醒只吃中间那两粒，其他的是真的石头，不可食之。

黑色鹅卵石放进口中，原来是以马铃薯为馅，外面包的是黑芝麻，把马铃薯蓉搓成圆丸，浸在黑芝麻浆中，像朱古力的外层。

咬了几下，果然有马铃薯的味道。

第二道是一个铁盒，和真的鱼子酱的包装一样，打开盖子，里面有橙色的粒，用扁匙舀来吃，原来是把荔枝搅拌成汁，加了做大菜糕的海藻液，放进有如针筒的管中，像打针一样，让它一滴滴地滴在特制的容器中，凝固起来，有如鱼卵。

咬了几口，果然有荔枝味。

这道菜一旦有特殊的厨具，人人都会做，不必懂厨艺。

第三道是猪肉，用一块样子像缠着木乃伊的"布条"盖住，故称"僵尸"。那块布吃起来很甜，是把棉花糖压扁做成的，下面的猪肉红烧，配上辣椒酱和奶油豆酱。

第四道"雨水"，最初看不见什么是雨水，碟子是四方形的，很大，摆着几种菜叶，然后厨师出现，拿了一管很细的胶筒，挤出调味液，像花洒般淋在生菜上面，称之为雨水，原来如此。

第五道中的"西班牙海鲜饭"，原名 Paella，吃起来是一片压得扁扁的白饭，和寿司又怎么搭得上关系呢？原来白饭片上铺的是粉红色的鲑鱼、白色的比目鱼和另外一种叫不出名、吃不出味的鱼。厨师又出现

了，再次拿胶筒滴上山葵酱油。它叫作寿司，和手握的长方形块状完全
两样，像一块饼干，日本寿司师傅看了不知会不会被气死？

第六道"龙虾面"，最下层铺着粉红色的圈圈，像蚊香。上层倒看
得出是什么，是三块龙虾肉，吃起来也是龙虾。这道菜为什么叫作面？
原来那粉红色的蚊香，是用龙虾头的膏混在面粉之中，用针筒挤出长条
来当面，没有什么龙虾膏味，像面粉慕丝（Mousse）。

第七道"Krug 葡萄"，厨师当众表演，从冰筒中倒出两粒葡萄来，
样子是葡萄，吃起来味道也是葡萄，但有小气泡在口中爆裂，原来是把
香槟气体打进葡萄中做成的。

第八道"羊毛"又是用那块僵尸布做成，反正羊毛被和僵尸布的样
子很接近。铺在下面的是羊的三个部分，肋骨肉、红烧羊肩和羊的脾脏
（Sweet Bread）。脾脏不是人人都懂得欣赏的，我倒能接受。红烧羊肩可
口，肋骨肉则和普通的羊架子肉一样，很小块而已。

第九道"黍米鸡"有鸡胸肉和烤腿肉，加上玉蜀黍粒[①]，这道菜样子
和味道都像没有经过分子处理似的。

第十道"蚝"已是甜品了。碟中有一只带壳的蚝状物，原来是朱古
力做的。至于蚝中的那粒珍珠，则是一种白色的东西包着一粒榛子仁。
另有啫喱状的物体，是用香槟加鱼胶粉做出来的。

第十一道"早餐"，碟上有一煎蛋，以椰浆做蛋白，而蛋黄则由杧
果汁制成。

第十二道"夏湾拿之旅"是什么？夏湾拿以雪茄著名呀！用朱古力

---

① 即玉米粒。——编者注

卷着云呢拿雪糕，制成大雪茄状。雪茄灰则用黑白芝麻做成，颇花心机。那个巨大的烟灰碟，也是用朱古力做的，已经太饱，没人能吃得下。

第十三道"化妆"最为精彩，上桌的是一个和粉盒一模一样的东西，打开来看，还连着块镜子呢。胭脂粉饼是用西瓜汁的结晶磨成粉状制成，而粉扑，当然又用回棉花糖团了。

饭后，侍者拿出意见书，要我们填上，我本来推却，被人劝后，写上了"有趣"（interesting）一词。

友人小儿子问："写有趣是什么意思？"

我回答："将吃的东西做成你意想不到的物体，创意十足，是有趣的。"其实我的老师冯康侯先生曾经说过，他在广州的花艇上吃过各种水果，但都由杏仁、红豆等做出来，这种创意早已存在。不过，我们要吃薯仔就吃薯仔，要吃荔枝就吃荔枝好了，干脆了当更是率真。基本美食都是一代代地传下来的，一定有它不可取代的存在价值，分子料理经不经得起时间的考验，是一个问题。如果有人问我好不好吃，我则说不出所以然来。当主人家热情，你又不想太直接发表意见时，最好的评语，就是说有趣。

祖母或妈妈煮的大锅菜，好吃得要命

说真的，这几年来，对吃西餐，不管它怎么好，我都有点怕。友人见我少食，以为我只爱中餐。

西餐吃一顿要花三四个小时，东西又不是那么美味，我总有点不耐烦。来来去去都是那几样东西，吃点头盘，喝个汤，来些沙拉，再锯一块扒，都是僵化的动作，怎么不生厌？

一般的餐厅，都是由一些嘴边不长毛的小子躲在厨房里炮制，只学了那么几道菜，就成为大师傅了。最拿手的是把鲑鱼剁碎，放进一个铁圈中，填了肉再把铁圈拿起，一块又圆又扁的食物呈现在碟中，插上香草，再用又红又黄的酱汁滴在碟边画幅画，就摆上桌。

把鲑鱼放进搅拌机中搅了，用牛油一煮，加点白酒，下大量白开水，就煮成汤。

生菜之中，混上几块生鲑鱼，下大量橄榄油和芝士碎，就是沙拉。

把鲑鱼切成香烟盒那么大的一块，下锅煎一煎，再用手指抓起翻过来煎另一面，已是主菜。我看得心中发毛，我们做菜都要求热辣辣，怎么知道西洋厨子可用手指翻那半冷的鱼？

食材也没有一点想象力，鲑鱼来鲑鱼去，当今我看到鲑鱼就反胃，绝对不会去碰了。

事实当然没有我说的那么夸张，可以煎一块牛扒呀！但美国牛扒硬得要命，就算是干式熟成的，也不算好吃。澳大利亚和新西兰的牛扒更糟糕，一说是日本和牛种，也不知道和牛分多少地区和等级，一直要斩到你一颈血为止，绝对不值得去吃。

肉块的旁边，放一个马铃薯，或将它打成蓉，不然就煮些红萝卜，或者烫熟几块没有味道的西蓝花当作配菜，看到了也不想吃。

牛肉永远不照你的吩咐去烤，点半生熟的一定弄至硬邦邦的全熟。点全熟呢？烤到使肉发焦变成炭为止。

不如去吃羊扒吧！羊扒也照样煎得老老的。那么来个羊架吧，露出几根骨，用片花纸包住，一片片切开来吃，咦？怎么连羊膻味也闻不到呢？冷冻得不像羊肉呀！

叫鸡吃吧！永远是那块又厚又没味道的鸡胸肉，像吃发泡胶，就算是法国知名产区的过山鸡，也只有心中感觉到的甜味而已。

鸭子可好？浸油鸭是二流法国厨的拿手好戏，浸得硬邦邦的，怎会好吃？不然就用刑具式的容器来榨，原来也只是噱头，把血浆煮熟再淋在鸭肉上，也没什么特别的味道。

"你不会吃！"友人骂我，"要吃西餐，一定要去巴黎！"好，就听你的话到巴黎，任何名厨我都试过，有些是一小道一小道来个十几道菜的，即所谓试菜餐（Tasting Menu），怎么吃也吃不饱，而且难吃的居多。

不如去吃意大利菜吧，意大利菜总是实在的，不像法国菜那么浮夸，对的，吃来吃去总是生火腿蜜瓜，再来碟芝士意粉，已饱得再也撑不下去了。

别吃那么多肉或面，来点鱼吧！意大利最高级的料理之一，用盐包住鱼再拿去烤，像叫花鸡一样把盐皮打开，露出鱼来，把最美味的鱼皮除掉，再拆可以吸食的骨，剩下的又是发泡胶式的鱼背肉，正想试一口，大厨拿了大瓶的橄榄油倒下，又拼命挤柠檬，弄得又油又咸又酸。啊，好好的一尾鱼，怎么就这么糟蹋了？那是没有冷藏的年代，鱼发臭了才挤柠檬，这种坏习惯怎会延续到现在？

更恐怖的是遇到把东洋食材当作绝配的洋厨子，以为有点金枪鱼刺身，就是世上最新鲜的食物，连本来可以引以为豪的鹅肝酱或黑松露，也要加一两片半生不熟的日本牛肉，才觉得是高贵的。

"难道你什么西餐都不吃了吗？"友人问。

吃，好的西餐，我当然吃，但是得喜欢。

什么叫好西餐？就是妈妈或祖母煮的那种。

在法国南部的小餐厅，或者意大利乡下，一定会有一两道用大锅煮出来的菜，也许什么东西都放进去乱煮一通，但弄出来的天仙般的食物，从来不让客人失望。

也不必花时间去等，坐下来，喝一碗汤，或一大碟煮得稀烂的肉，加上面包，就是又充实又基本的一餐。

有一间快要开张的高级西餐厅叫我去试菜，东西相当有水平，但餐牌上就没有这种一大锅煮出来的妈妈料理。餐厅老板们来问我意见，我回答说，请大厨做一锅好不好？他们听了都拍手赞成，但大厨抓抓头，说不会做。

东欧诸国都有这种传统，有代表性的是他们的菜炖牛肉，像是中国人印象中的罗宋汤，但其实是不一样的。这种大锅菜，西方到处都有，只是没人欣赏罢了，也少有人去学。

如果说在美国吃不到好东西，那也是错的，美国人的祖母或妈妈，煮的那一大锅辣椒大豆，才是真正的美国菜，好吃得要命。

谁说我不喜欢西餐？

西洋食物在东洋

洋食（Yoshyoku），是日本人对外国餐的称呼。这个词指的并不一定是法国菜或意大利菜，所有外来的食物，都被称为洋食。当你试过刺身、寿司、天妇罗、鳗鱼、鮟鱇锅、寄世锅、锄烧、铁板烧、日式火锅（Shabu-shabu）和拉面之后，你也许会对日本的洋食有点兴趣。因为，洋食不再是西餐，而成了日本菜。

日本人有个本领，就是把所有的外来食物"占为己有"，像印度的咖喱，到了日本，便成为日本咖喱，又甜又不辣，有了日本特色，别处是做不出那种滋味来的。

最具代表性的洋食是什么？莫过于他们的奄姆饭 ①（Omu Raisu）了。Raisu 当然是米饭（Rice）的日本发音法，他们的所有外来词语，结尾都会变成 Su、Mu、Ru、Ku 等，有 S 音的就变成 Su，有 M 结尾的，像冰淇淋（Ice Cream），就是 Aesu Kurenmu 了。

而 Omu，就是奄姆烈 ②（Omelet）缩短而成的。

奄姆饭是用平底镬煎出蛋浆的薄片，包裹着淋满西红柿酱的炒饭。炒饭之中没有肉，也没有蔬菜，你尝到的只是西红柿酱的甜汁和带咸味的蛋皮，难吃至极，天下无敌。

除了奄姆饭，还有一种饭，叫作牛肉丁盖浇饭（Hayashi Raisu）。什么？Hayashi？不是"林"的发音吗？这个菜名和姓"林"的林一点也搭不上关系，Hayashi 来自英语单词 Hash 和法语单词 Hacher，是切碎的意思。美国菜中有种"低劣"的做法，是把牛肉切碎了，混上莫名其妙的酱汁，就叫作牛肉杂碎（Beef Hash）。日本人学了，把牛碎肉乱煮一通，弄个又酸又甜又咸的酱，淋在饭上，就成了牛肉丁盖浇饭。战

---

① Omu Raisu 的音译，即日式蛋包饭。——编者注

② Omelet 的音译，即煎蛋卷。——编者注

后[①]日本国家穷，一般的牛肉丁盖浇饭里都找不到肉，只剩下混合酱汁而已。难吃至极，成为绝品。

Gurantan 是由脆皮烙菜（Gratin）演变而来的，通常用通心粉（Macaroni），加点肉，加点海鲜，放在一个椭圆形的碟中，涂上一大堆奶油酱，再拿到焗炉中把表面焗得发焦，就做好了。吃进嘴里，像是吃了一口浆糊，也找不到肉和海鲜，只剩下几条意粉。难吃至极，"所向披靡"。

纳波利坦（Napolitan）也是一种意大利粉，略微煮一煮，放在冰水中过一过，再用大量的西红柿汁炒一炒，加点椰菜之类的蔬菜，就完成了。难吃至极，已不能用语言来形容了。

日本是一个吃鱼的国家，到了18世纪，才逐渐开始吃肉。之前的1000多年，肉类被认为是不洁的，统治者禁止老百姓食用，明治维新后，这条禁止吃肉的法律才得以废除。

在日本，直到现在，肉还是被视为高级食物，价钱绝不便宜。数十年前更珍贵，我作为一个穷学生，到了东京，也很少吃到肉。有一次，我以为自己体力不支了，看到饭堂的咖喱饭塑料样板上，竟然有一块四方的猪肉薄片，马上叫了一客，岂知怎么找，竟也找不到那块"宝贝"，原来样板是骗人的。

日本人曾自认矮小，认为是不吃肉所致。这也有点道理，普遍开始吃肉后，他们果然高大了很多。你看看战前[②]的那些日本人的身材，和

---

① 即第二次世界大战后。——编者注

② 即第二次世界大战前。——编者注

现在的一比，就知道吃肉与不吃肉的确是有区别的。

所以，明治维新之后，日本人不但输入了外国的科技和武器，也学会了吃西方的食物，身高这才逐渐高起来。但是，在他们的经济泡沫破裂之前，钱大把呀，当然也有真正的外国厨子去日本开店。这句话说得一点也不错，当时日本的确出现了不少著名的外国餐厅，但问题在于，只有少数的日本人才懂得欣赏。一般的人，去吃这样的外国菜和明治维新后流行的洋食，很难吃出区别来。

不过日本人有精益求精的精神，原来难吃透顶的拉面，本来只有酱油汤，也让他们研究又研究，做出连中国人也爱吃的猪骨汤拉面来。

洋食之中，也有例外。Katsu 这个词，由英文的肉排（Cutlet）变化而来，使用煎炸的做法。日本人会做天妇罗，对炸东西有点基础，所以他们的炸猪排（Tonkatsu）炸得非常出色，外皮爽脆，里面的猪肉还很多汁，这一点不得不佩服他们。

讲到炸，他们还有一道菜，叫可乐饼（Koroke），Koroke 是法语单词 Croquettes 的音译。法国人用生蚝或螃蟹肉蘸了面包糠来炸，非常美味。日本人做的，馅中无肉亦无虾蟹，只是一团面粉，就那么炸出来算数。

很多家庭主妇尤其爱做可乐饼，恨不得每餐都是可乐饼。日本男人吃了直摇头，大叫"Kyo Mo Koroke, Asu Mo Koroke"，意思是"今天也是可乐饼，明天也是可乐饼"，每天吃来吃去都是一样的东西，单调至极。

学做菜，也学做菜的精神

饮食版的记者打电话来问我："日本政府想制定一个寿司店的标准，关于什么才够资格当 Toro 和 Maguro^①，你有什么意见？"

"胡说，"我说，"日本人吃的金枪鱼也不全是在日本海抓到的，真正的金枪鱼已被他们捕杀至几乎绝种，在日本本土吃到的，多数来自印度和西班牙，还谈什么标准金枪鱼呢？"

但是，日本人过去对食物要求甚高，质量没有达到一定水平的食材他们不会用，也不敢乱来。

乱来的倒是外国人在日本开的寿司店，大量供应鲑鱼刺身。正统的日本铺子，是绝对不会卖鲑鱼刺身的，因为他们老早就知道它身上的寄生虫极多，只能用盐腌制过后烧熟来吃。

吃活鱼，有个原则，那就是只吃深海的，而且要生长在温带或寒带之中，靠近热带的鱼都不能吃。并不是很多人以为的那样，只要是活鱼就可以拿来做刺身。

鲑鱼会游到淡水中产卵，这是一大问题。当然，淡水如果不受污染的话，还能养出能生吃的鱼来，但当今的河流，有哪一条是完全干净的呢？

只要鱼体内有寄生虫，卵就会跟着生细菌，一般的回转寿司店的鲑

---

① Toro 指金枪鱼腹部的肉块，这个部位的鱼肉较少并以其脂肪多、质地光滑和口感松软闻名。Maguro 通常是金枪鱼的总称，但不同的金枪鱼品种又会有各自的名称。有人会凭借名字判断各种切割质量的等级。——编者注

鱼卵也千万别碰。要吃的话，应该到可靠的食肆，最好师傅是日本人，而且要有点上了年纪的，他们接受过传统的训练，加上不想"晚节不保"，选料会足够细心。

也别以为"反正是鱼片嘛，切成长方形就行"。天下没有那么容易的事，一刀一片，都要有长年累月的经验，根据鱼肉的纹理和厚度，不同的人切出来的鱼片有天壤之别。一山更比一山高，一直比较上去，到了北海道札幌的"寿司善"，我才感觉大师傅的切功已近完美，略有筋络之处的鱼肉，还会割上几刀断之，不但花纹漂亮，更有入口即化的口感。

那家店的刺身，客人连酱油也不必点，师傅会拿一块岩盐，刨了几粒撒在鱼上，每块鱼撒多少盐，一点也不能含糊。那块岩盐已被师傅刨成了一粒乒乓球大小，而且它是粉红色的，因为岩盐中含有铁质。

反观外国的一些寿司店：第一，砧板不勤洗刷，一有刀纹，即藏细菌；第二，每种鱼应使用不同的刀，全部使用同一把刀的话，绝对切不出理想的厚薄来；还有一点最重要，也是一些寿司店最容易忽视的，就是洗手间的卫生。大师傅也会用洗手间的呀！如果卫生不到位，师傅一干起活来，就带到食物上面了。所以下次你到寿司店，可以先去洗手间走一圈儿，看了皱眉头的话，千万不可以吃那里的东西。

正统师傅教徒弟时，第一件事就是闻水的味道。水一臭，再好的刀法和再新鲜的食材，都没有用武之地。

别说回转寿司店很少注意到水，有些高级的料理店，像一位纽约大师开的店，冲了茶来，也有一股强烈的异味，但这不怪餐厅，是客人不懂得提要求带来的结果。

有的客人搞不清楚刺身和饭团，走入寿司店就点寿司。其实最基本的，是分为完全是鱼的"刺身"（Sashimi），和带着饭团的"握"（Nigiri），一般人们说的寿司（Sushi），是有饭团的。

刺身靠刀法，饭团则靠米粒。米粒太多，是为了吃饱，属于低级趣味；米粒太少，不如直接吃刺身。恰到好处，是饭团最难控制的一关，每种鱼都不同，并不是随意找个机械人师傅就能握得出来的。有经验的厨子，能控制一个饭团中有多少粒米，每次握，都不会有太大偏差。

说到米饭，那便要在最基本处着手。既然是吃日本菜，就要用日本米，连在美国种的日本米也不行，更别说泰国米了。日本米贵，但是一个客人能吃多少饭？节省成本，也不应该省这一方面的成本，但回转寿司店绝不会考虑用日本米的。

至于加醋，醋的分量加多少，也是一大学问。有些日本师傅做出来的寿司特别好吃，那是他们又用白醋又用红醋混合出来的理想的味道，而且绝对吃不出酸味来。

在日本吃到的饭团就理想吗？也说不定，除了一些老字号，新派寿司店也开始卖起鲑鱼刺身来。鲷鱼之外的鱼头，人们原本都是不吃的，但现在受了中国香港地区的影响，也烤起油甘鱼的头了。再这样下去，由香港"反输入"，来个"冰水寿司"，也就是把饭团炸一炸再握，一点也不出奇。

学做寿司，应从最基本的步骤开始，有了基础，再去求变。有些人明明基本功薄弱，却已开始乱来，真是看得我心惊肉跳。

有一种鱼，日本人管它叫鲣鱼（Katsuo），也有华人管它叫木鱼。有的地方的回转寿司店买到它后就那么切来当刺身，殊不知这种鱼的腹中一定有寄生虫，我曾经看过，一劏开来，鱼腹壁上长满一粒粒的黄色小肿瘤，里面包的全是幼虫。日本人食用鲣鱼时，一定会用火把表面那一层烧干净，再拿来做刺身。不懂的人一乱来，后果不堪设想。

如果吃下了这种虫，严重的话，虫会一直寄生在人类的内脏中，很难根除。不严重的话，肚子也会疼痛不堪。侥幸的，过几天就会停止。运气一坏，隔两三天疼一次，像粤语所说的：问你怕未 ① ？

如果以为活的鱿鱼都能生吃，那就大错特错了。多数确实是没事的，但有种叫鱼易乌贼（Surumeika）的，所生之虫，和鲣鱼的一样，非小心不可。

学做日本菜，先要学他们的精神，那就是要不断追求完美。像他们的拉面，是从中国学去的，当今已有了他们自己的特色。我们并不差，怎么做不出自创的寿司来？先从基本功开始慢慢练习吧，不要只求快。

从早餐开始，吃够一日的满足

在日本住上四五天，一定会增加两三千克体重回来，无他，只是白米饭香而已。炊得饱满的米粒，晶莹剔透，每一颗都好像在对你说：来吃我吧，来吃我吧。

日本人早上就开始吃饭，到了酒店多数有定食供应，侍应会问你："御饭（Gohan）？粥（Okayu）？"这是因为有些外国人喜欢吃粥，但

---

① 粤语方言，即"问你怕了吗"。——编者注

日本人一般生病了才吃粥，所以平时非来一碗大白饭不可。

我相信这种习惯来自农业社会时期，粥容易消化，过一会儿就会觉得饿，还是白饭填肚为佳。如果不在家吃，家庭主妇也会捏成饭团（Onigiri）让家人带着在路上充饥。

我自己也不介意一早来碗饭，这是因为我的奶妈也来自农村，她常喂我吃饭，习惯了就很容易接受日本早餐那一碗饭。在乡间旅行的话，温泉旅馆的早餐更是特色，一定要好好享受。

奉送早餐几乎是那里不成文的规定，白饭、味噌汤和泡菜是少不了的，从前盐腌的鲑鱼最为普通便宜，也必定配上一块烤的。这块鲑鱼旁边有一撮萝卜蓉，懂得吃的会倒一点酱油在上面，泡菜虽咸，也会蘸酱油吊吊味，也许是昔日贫穷，咸一点可以下更多的饭。

丰富起来，可不得了，算了一算，虽然分量只是一小口一小口的，但至少有三四十碟小菜。旅馆的特色，是就地取材，北海道当然是虾蟹，大阪附近牛肉居多，到了九州岛的汤布院，也会拿出河豚等高级的食材来当早餐。

重要的还是心思，东京的"安缦"早餐装在两个精致的木盒之中，打开一看，还有鲑鱼，是一块最肥美的部位，连我这个不喜欢鲑鱼的人也会吃它一吃。除了那十几二十种菜，还有一碗味噌汤，是用高级鱼的鱼头熬制的，或者用新鲜的大蛤（Hamaguri），也可能会用细小的浅蜊（Asari），鲜得不得了，日本人还研究说浅蜊可以解酒呢。

日本早餐一定有几片紫菜，通常是用透明胶纸包着，但它也容易潮湿，一潮湿就不脆，而我去过一家店，那里的紫菜被装进一个两层的盒中，下面有个铁制的兜，烧着一块小炭，来烘烤上层的紫菜，吃时还是暖的，不得不佩服他们的用心。

自助早餐也不一定是平凡的，取决于住什么旅馆。北海道"水之歌"的早餐虽是自助形式，但用料极为高级，当然有新鲜的鲑鱼卵，还有不会太咸的大片明太子，用山中野菜做的泡菜种类更多，最后那碗白饭是用又厚又重的法国名牌锅做成的，一人一锅，煲出来的白饭一看就知道美味非凡。

用什么锅来烧饭大有学问，典型的是用铜锅，上面用个像木屐一样的圆形木盖盖住，一炊一大锅，打开木盖已香气扑鼻，有时烧的还不只是白饭，里面加了鳗鱼、肉膜或各种野菜，即使只是简简单单地下些黑豆，也会吸引人。

各种下饭的菜，我最吃不惯的就是那一大颗红色的酸梅了，日本人相信这东西可以清肠胃，非要吃一颗来清清肚子不可，但我始终觉得太酸。我最初接触到它，是以前跟着家父到热海的旅馆小住时，早餐店家也拿出酸梅来，父亲告诉我这种酸梅可以一试。那一带生产小颗的酸梅，蘸上白糖吃，口感爽脆，又不太酸，吃呀吃，就吃出习惯来了。

虽然说粥是日本人生病时吃的，但去到京都的旅馆，也都供应白粥，日本人吃粥的习惯是在粥上加一种黏黐黐的酱汁，不甜又不咸，我还是很难接受的。

最近到东京，住的酒店多是半岛，他们的早餐供应不在餐厅，而是在大堂的咖啡屋，我发现点西式早餐的多是日本游客，外地人则爱点日式早餐，种类也极其丰富，什么都有，白饭和味噌汤是随意添的。

但连住几天后就会觉得腻，我步行到酒店后面的有乐町站，那里有一家"吉野家"，是我常光顾的。"什么？跑去吃那种最大众化的铺子干什么？"很多朋友批评我说。但是日本的"吉野家"和外地的不同，早餐虽价廉，但很高级。先叫一客定食，有一小碟牛肉、一片明太子、一碟白菜泡菜、一碗味噌汤和一碗白饭。这些当然不够，多叫一份大碗的牛肉，才吃得过瘾，再来一块烧鲑鱼、一碟韩国泡菜，把牛肉的汁倒入白饭中，这一顿便宜的早餐，吃得非常满足。

旅馆的早餐除了饭菜之外，也会奉送甜品和水果，我吃过最豪华的是北海道那几家高级酒店的早餐，夕张蜜瓜 ① 随意吃。一般的夕张蜜瓜是橙黄色的，和静冈的绿色蜜瓜不同，而且有股怪味，但上等的夕张蜜瓜不逊于静冈产的。

我怀念的是早年帝国酒店的早餐，虽然也是自助餐形式，但用的木瓜来自夏威夷，有一阵很清香的味道，和当今水果店卖的不同。这些年来木瓜都已经变了种，大量生产，已吃不到从前的味道了。

通常的自助早餐可以随意吃，但不能打包，大阪的丽思·卡尔顿则有一项服务，如果你没有时间慢慢品尝，他们可以在白饭中加些鲑鱼或酸梅捏成饭团让你带走，服务得非常周到。

但说到最好吃的日本早餐，当然是你在女朋友家过夜，她一早起床替你煲的一碗白饭和一碗味噌汤了，至于泡菜是不是从店里买的，已不在乎了。

---

① 夕张蜜瓜是北海道特产，甚至被誉为"全世界最好的水果"。——编者注

小时候吃过的味道，是真正味道

助手徐燕华是新加坡人，婚宴在那里举行，我和她们一家飞去参加。下飞机后我先探其母，再由她父亲带大伙儿到东海岸的"美芝伴大虾面"店去。

下着滂沱大雨，但铺外排了长龙，等了好久才有座位，吃了一碗真正味道的虾面。什么叫真正味道？我的定义是小时候吃过的味道。比起来，较一般好的味道。

小食不是什么高科技，用心、用足料、用够时间煮，一定成功。问题在于你肯不肯花功夫罢了。

所谓虾面，一定要用虾壳和猪骨熬出很香浓的汤，这是最基本的。这家店维持着这种水平，依足了旧传统。上桌前加上猪油渣，桌上也有辣椒粉给你撒。生意滔滔是必然的。

其他小食，大多数味道已经失真，是种悲哀。

像我当学生时吃过的印度罗惹，是一种把小虾蘸酱粉炸出，还有包上面粉的鸡蛋，染得颜色漆红、用水发过的鱿鱼等，一起摆在摊前，客人自选爱吃的，小贩拿去翻炸一下，再切片上桌。吃时点着独特的酱料，天下美味也。

经过那么数十年，我一见印度摊子就去买他们的罗惹，但酱料永远是那么难吃。

这回又去了三家，因赶时间，叫其中一档不必再炸，就那么切来吃就是。把染红的鱿鱼吃进口，即刻吐了出来。那个印度人，不拿泡开的鱿鱼给我，用的是生的，当然我不叫他翻炸是我的错，不过照道理也应该告诉我一声呀!

当今的小食摊,布满了城市的每一个角落,新加坡已是"举目皆摊"了。那么多样小食,那么多人当小贩,究竟有多少家能像"美芝伴大虾面"这样保持水平呢?经验告诉我,整个新加坡,伸出十指数一数,还有剩。

生活水平的提高是主要因素,社会进步了,节奏快了,人们没那么多闲情去制作小食了,品质就没从前那么好。慢工出细活,新加坡小食比不上吉隆坡,吉隆坡又比不上槟城州。越过国境,到了曼谷,那里的一个荷包蛋都用木炭生火慢慢煎,煎得蛋白周围发泡,蛋黄还是软熟的,当然好吃。

怀念那些失去的味道。小时候爱吃中国人的肉骨茶、酿豆腐、海南鸡饭、蛳蚶炒粿条、福建薄饼,马来人的沙嗲、鱼饼(Otak-Otak)、炸豆腐(Tauhu Goreng)、炒面(Mee Goreng)、马来米粉(Mee Siam),还有印度人的羊肉汤、印度炒面等,都是一谈起来就引人垂涎的美食。

当今这些东西呢?还有,大把!

每个熟食中心都卖。做菜的通常是一群没有经验的人。有些人为了谋生,顶下一个摊,叫旧摊主教他们几招,隔天就开张大吉了。

太年轻的不去说他,这群小贩中还有不少中年人,难道他们小时候没吃过一顿好的小食吗?那些味道,要重现起来并不难呀!我不是说过并非高科技吗?失败了一回,再来,再失败,第三四回就已经是高手了。怎么不学?怎么不求上进?为什么活着却像和死人没有分别似的,一天过一天的日子!

生活水平提高了,对食物水平的要求也该更高才对。可是,大家只花功夫和金钱在冷气和装修上。有的吃就是,什么是好吃?不懂!这种现象，不止出现在新加坡，各个大城市也都一样。

美食的消失，客人也要负一半的责任。大家为了健康，不吃猪油。可是这群家伙学洋人，到西餐店去，面包上一大块一大块的牛油照涂着吃，就不怕不健康了吗？

只要不是天天吃，每一顿都吃那么多的猪油，又能怎么样？任何东西只要不过量，总是没事的。

大都会的人都没好东西吃吗？也不是，你到纽约、东京、巴黎去看看。好的小食摊还是存在的，但像烹调食物一样，你得花时间去找。不但如此，还要排队。这些坚持有水平的摊子，老饕会闻名而来。

比如，要吃真正味道的酿豆腐，那就得到珍珠坊中的"永祥兴"去。那里的酿豆腐为什么那么好吃？很简单，用大量的黄豆熬汤，汤一定甜。

嫌烦，时间又不凑巧的话，对面也有一档卖酿豆腐的，用霓虹灯管打着老字号的招牌，但卖的是拼命加冷水，水还未滚就盛给客人喝的汤。拿一个铁盘，假装把豆腐皮倒入汤中，其实有半盘的味精。

要吃真正的罗惹吗？到黄埔街市去吧！马来小食？如切路上的Glory不错。印度的，唉，不去谈它！

真正上等的新加坡小吃，除了那寥寥数家，再也没有了。这次徐家人和我一共去了好几个熟食中心，吃得杯盘狼藉，但一面吃一面骂，所有小贩卖的都是有其形而无其味的东西。我们也照吃，主要是想找些回忆，但总是失望。但愿有一点理想的年轻人早日出现，小食做得好，生意一定好，你我都高兴。

韩菜改良，有时反而失了豪爽和精彩

我最敬佩和最喜欢的是发奋图强的人，而整个国家都发奋图强，那就不得了了，韩国就是一个很明显的例子。

短短的数十年，从我第一次抵达汉城①，到最后一次去游玩，一个都市、一个国家的改变和进步，是那么厉害，令人惊讶。

别说汽车、衣着、化妆品、电视和手机，单单是食物，原来容易给人留下只有烤肉和泡菜的不良印象，而目前满街都是令人垂涎的食肆。

不仅在韩国，韩菜的风潮影响了世界各地，连洛杉矶韩国城的餐厅，都挤满了客人。老饕们对韩菜的爱好，就像从前喜欢日本菜一样，说什么又好吃又健康，吃韩菜已成为一种时尚了。

我替自己欣慰，经过这么多年的介绍和推广，终于看到有人认同了。韩国料理店在中国香港开了一家又一家，整个金巴利街周围都是韩国餐厅，挤满了年轻人。

大家拿韩菜当宝的时候，我又不得不批评几句，其中不及格的店还是居多，韩国人在得意之时，也非反省一下不可，像我最近光顾的店，有些简直不成样子，会把韩菜做坏招牌。

从前的韩国餐厅，一定是韩国人当大厨，而当今的韩国餐厅，走进去一问，回答都是韩国老乡做的，其实有很多厨子是新移民，有些还是尼泊尔人呢。莫名其妙的菜，一道出完又出一道。

①　2005 年，韩国政府宣布汉城正式更名为"首尔"。——编者注

见菜单上有血肠，大喜，即刻点了，上桌一看，是血肠没错，但却是超级市场的货色，做得虽然像样，但一点光泽也没有，是大量生产的，冷冻后运来，在食肆中蒸它一蒸，切片后从厨房拿出来，吃进口，是一团团的糯米，黑漆漆的，哪能吃出有什么猪血味道，都是些人工调味品。

叫了一樽马格利土炮来送，一味是酸，和我在韩国喝到的完全不同，别说是韩国人自己制作的酒，连工厂货也不如，餐厅既然要卖，为什么不可以选可口一点儿的呢？

要了一碗冷面，一看就知道是即食的，这也不要紧，但完全无味，只好把桌上的辣椒酱大量淋上。咦？辣椒酱也不辣，不过是加糖加醋整出来的玩意儿，连最普通的大路货也不如。

我们从前吃这碗韩酱冷面，上面铺了鸡蛋、黄瓜和梨丝，加芝麻、加辣酱，一吃，即知味道不同，问餐厅经理：大厨是不是刚从韩国来的？对方即刻点头赞许，因为韩国厨子来中国香港一住久了，必定会按本地客的口味进行调整，做出来的就不像样，莫说这种乱七八糟的店铺了。坐着等食物上桌时，从厨房传出对话声，友人说不像韩国话，当然不是啰，是福州方言嘛。

石锅饭来了，这不会差到哪里去吧？杂货店就有的卖，把炊好的饭装进去，再在炉上烧一会儿，加黄豆芽、菠菜等，放半个蒸蛋再淋上辣椒酱，拌它一拌，即可食之。哪知一般食肆做的，用的米根本就是东南亚货，最致命的，是没有上等的芝麻油，而它是杂菜饭的灵魂，为什么不肯下功夫讲究一下呢？

锅不必用石头，普通的钢碗或不锈钢碗也行，各位有机会到全州那家最著名的韩菜馆试一试就知道，选最好的白米炊熟，上面铺的有黄豆芽、红萝卜丝、鸡蛋丝、蕨菜、黄瓜、萝卜苗、冬菇丝、黄豆粉皮丝和大量的泡菜，最后打个生鸡蛋上去，当然还有芝麻、最好的麻油和辣椒酱，这一碗饭吃过了，才知什么叫韩国菜。

当今开得很多的是炸鸡店，我不喜欢吃鸡，就不去吃了。还有如春笋般冒出来的烤肉店，用一管象鼻般的通风管吸气，卖的肉多数没有腌制过，一点也不好吃，年轻人不懂，就是喜欢，店里客人挤得满满。

最初到韩国去时，因为当时穷，吃的烤肉是骨头边的碎片，用蜜糖和辣酱腌制过，也下了大量芝麻，然后"波"的一声，将一整碟肉铺在龟片似的铜锅上，锅四周有槽，烤过的肉汁流下，盛在槽中。肉虽然好吃，但是那些肉汁最为精彩，用扁平的汤匙舀了，淋在白饭上，是天下美味。可惜韩国经济腾飞后，所有的烤肉都模仿日本人的烤法，看起来高级了，但没有了旧时韩国菜的豪爽和精彩。

在中国香港的话，那么多家韩式餐厅怎么选呢？友人老是要我推荐，我也不厌其烦地介绍。

香港地区最正宗的韩国料理有"梨花苑"，数十年前，由金女士来港开设。一晚消费几千元，在当年是天文数字，还有人看场，李翰祥[1]、胡金铨[2]光顾后不够钱付账，得求助于邹文怀[3]。当今由金女士千金接班，她在尖沙咀和上环各开了一家高级同名餐厅，至今也有多家分店，那里的食物绝对不逊于在首尔吃的。

---

[1] 中国香港男导演、编剧、制片人、演员。

[2] 中国香港男导演、编剧、监制、演员。

[3] 中国电影事业家、制片人。

另一家老店"阿里朗"，也由第二代经营了，做出了更精致的菜来，已不像从前那样只卖烧烤。

新的"伽倻"开在时代广场对面的罗素街，菜很有水平，韩国领事馆的人亦经常光顾。

另一家开在"天香楼"隔壁，叫"梨泰苑"，菜非常精彩。这几家店有一定的水平，绝对去得过。住在香港真有福气，任何一国的菜都是一流的，材料完全由空运而来，别的城市的人不见得那么幸福。

食材用得正宗，意大利菜很难失败

早在 1954 年，Sabatini 餐厅在意大利开业，当大家还不太会欣赏意大利菜时，Sabatini 三兄弟又跑来中国香港，在帝苑酒店内开了一家餐厅，装修完全按罗马风格，菜品用料精美。这家店一直开到现在，餐厅不必翻新，也不觉得陈旧，反而有一份古典的味道。我一想到正宗的意大利菜，也就想到了 Sabatini。

20 世纪 70 年代起，天下菜式云集中国香港，要吃什么菜就有什么菜。香港有了更多家意大利餐厅，因为中国菜与意大利菜比较接近，两个国家的家庭观念亦有相同之处。

当时的意大利餐厅，卖的大多是很一般、很大众化的意粉、沙拉、比萨等，更注重健康，少油少盐。要是问餐厅有什么意大利酒，估计连 Grappa 是什么，那些餐厅也没听说过。

后来出现了一个奇葩，那就是 Da Domenico 了，这家店做的是纯正的意大利菜，叫一碟红虾意粉来吃就知道，有完全的地中海海水味，按一些人的说法，就是鲜掉眉毛。

原来，这家店的一切食材都由罗马空运而来，我曾经听国泰航空当年的行政总裁陈南禄说过，这家店是其意大利航线的大客户，国泰航空做了不少他们的生意。

食材贵，售价当然会提高，但有时我觉得太不合理了。有一次叫了一尾盐焗鱼来试试，埋单时的价格简直令人咋舌，老板亚历士大概在中国香港吃粤菜蒸鱼时受到了打击，心理不平衡，非得卖得更贵不可。

但奇怪，抱怨归抱怨，要吃真正的意大利菜，我还是会乖乖地跑回去光顾，一次又一次。

亚历士是有点道理的，同样的食材，他做出来的和别人做出来的就是不一样。他是一个疯狂的天才。

接着出现的餐厅有"Paper Moon""Theo Mistral by Theo Randall""Kytaly""Grissini""Nicholini's""Fini's""Cucina""8 1/2 Otto e Mezzo Bombana"等。我都试过，感觉都一般，看来意大利菜唯有跑去意大利吃了，米其林三星也好，没星也好，意大利本地的菜，除了正宗，价钱还便宜得令人发笑，在香港吃一餐，可以在那里吃几顿。

最近我常去的是一家叫"Gia Trattoria Italiana"的店，它自称 Trattoria，而不是 Ristorante（餐厅），有点像法文的 Bistro（小馆）的意思，是亲民的。

老板兼大厨詹尼·卡普廖利（Gianni Caprioli）略肥胖，一脸胡子，是典型的意大利人，热情如火，亲切地招呼每一位客人。如果要找中国人翻译，店里有位叫里安（Ryan）的也对当地食材及菜式了如指掌。

詹尼来中国香港甚久，已经爱上了这个都市，在这里落地生根，他在星街也开了一家叫 Giando Italian Restaurant & Bar 的店，另有数家杂货店。

在这里吃是舒服的，可以吃饱，三四个人去吃，叫一份意粉即分量十足，他也乐意分成数小碟让每一个客人尝尝。每逢假日及周末有自助餐，第一次去的客人最好由此开始。

第一次接触意大利菜的人当然要首选庞马火腿和蜜瓜，这个组合是天衣无缝的，一吃就上瘾。除了在店里能吃到，我们还可以去他的意大利超市购买，一走进去，简直是热爱食物者的天堂。

蜜瓜每周一由罗马空运而来，吃过庞马火腿之后，会追求品质更高的圣丹尼，香气和口感不逊于西班牙的产品，而且那蜜瓜，甜度恰好，更比日本静冈的来得自然。

红虾意粉是店里用一种较普通的意粉做的，比"天使面"粗，吃起来没有那么硬，很像我喜欢的油面，容易入味。用料也不吝啬。如果你也爱吃，可以在他的超市买到一千克装的，每周一进货，自己做，要做多少都行。

其他数不清的意粉种类，当然得配不同的酱汁，我们自己做起来麻烦，也不一定正宗，那么可以买货架上的青酱，味道多得不得了，我爱吃的羊肉酱也一包包等你去买。

一位友人最爱八爪鱼，这家店里粗的细的都有。有些人以为八爪鱼很硬，其实地中海的特别柔软，在火上烤一烤，或者用橄榄油煎之，即可食。除了八爪鱼，他们也卖小鱿鱼和小墨斗，同样一点也不硬，而且香甜得要命。

另一种他喜欢的是乌鱼子，把意粉煮好，刨大量的乌鱼子碎铺在上面，不够咸的话可以加鱼露。如果以为乌鱼子和鱼露只有中国台湾人或潮州人吃，就大错特错了。

各种贝类也齐全，用白酒煮开后加大量大蒜，香甜无比。做意大利菜，食材用得正宗的话，是很难失败的。

再简单点，在超市里买一盒 Conca 牌的马斯卡彭软芝士，配上油渍的小咸鱼当小食，再来一杯布鲁奈罗的果乐葩，就是一个懒洋洋的下午的开始。

"看你卖的价钱，你是有良心的。"我对詹尼说。

他走过来，紧紧地抱住了我。

一碗牛肉河粉，像一场美妙的爱情

天下美食，少不了一碗越南人做的牛肉河粉，他们叫它"Pho"。

好吃的牛肉河粉，用汤匙舀了一勺汤，喝进口中，从此就会上瘾，一生一世，都想追求此种味道。这个说法，一点也不夸张。

初尝牛肉河粉，是我数十年前去越南旅行时，坐在一间露天餐厅里，远远望见长堤上有个越南少女推着脚踏车经过，身上穿着一件像中国旗袍的衣服，丝质，开高衩，但还配了长裤，也是丝质。全身包裹得像一颗粽子，肌肤一点也不外露。

面前的这一碗牛肉河粉，灼得刚刚够熟的生牛肉，色泽有如少女唇部之粉红。河粉由纯白米制造，像她们身上的旗袍，如丝似雪。

再将这一口汤喝进口，像一场美妙的爱情，已经达到了高潮。

从此，一经过越南餐厅，我必立即进入试食，叫上一碗牛肉河粉，看看是否能够重温旧梦。

但结果，是一次又一次的失望。原因何在？

后来，连这种最基本的食物也几近失传了，虽然各地都有模仿，但次等的味道，令人沮丧。

还在小学念书时，我听说越南的土地极为肥沃。在全球，也只有越南的稻米一年有四次的收成。而当今，越南本土的稻米，亦要靠从外国进口了。

曾经有一位做木材生意的友人，在越南买通了当地的高干，包了一片树林，以为从此发达了，岂知运到的树木把电锯都损坏了，原因是木头之中充满了战争年代打进去的子弹头。

闲话少说。到底在什么地方才能找到一碗像样的越南牛肉河粉呢？自己煮行不行？

打开烹调书，就有教你烹调越南牛肉河粉的方法。

在我看来，那些完全是胡说，看那种菜谱只能害死人，绝对做不出一碗连像样也不像样的东西来。

其实牛肉河粉像担担面一样，各家有各家的做法，从小吃到大的人，才有经验做出一碗像样的东西来。外国人只试了几次，就想当大厨，别做梦了！

另外，有很多人认为：店里做得出，在家里为什么不能重现？这个观点极为错误。小贩食品，在家里是绝对做不出来的，因为三四碗的东西，汤料一定下得不足，而店里热的汤，用的是一个巨大的桶，一口气煮上几十斤肉、几十斤骨头，甜味方出，而且要天天做、月月做、年年做，累积丰富的经验，才能掌握。

那就算了吧，放弃吧！投降吧！

回到越南，我找到了数十年前的那家小店，吃了一碗粉，却全不是当年的味道，后来又吃遍越南，也没有一碗像样的牛肉河粉。

追寻越南粉是一个辛苦的过程。唯有在海外寻找，可能还能寻得到。战后的越南人，有钱的移民到法国，在巴黎市中心的几家高级越南餐馆能找到一点有当初的味道的河粉，但并不平民化。他们也不是专卖粉的，当然并不十分正宗。在13区倒是有很多河粉店，可吃了也不满意。

穷一点的越南人移民到了澳大利亚。找寻完美越南粉的历程，到了终点，是一家叫"勇记"的餐厅，在墨尔本。

老板娘40余岁，风韵犹存，在店里坐镇。她听了我问汤中是不是只熬牛骨和牛肉，已经哈哈大笑："牛骨那么腥，怎么喝得进口？"

她只告诉我加了鸡骨，但是我怀疑也有鱼骨，煲到完全烂掉，再也看不见。我跑进厨房，只见大量的牛肉挂着待凉。一大桶一大桶的汤，滚了那么久，还是清澈的，相信我再看一百年也看不出道理来。

肉也不单是牛腩那一部分，几乎整只牛都可以吃，餐牌上写着牛筋、牛骨、牛丸、牛鞭等配料，连牛血也不放过。店里卖的牛血，是用滚得最热的汤去撞出来的，牛血一下子变成软软的固体，汤极鲜，血当然也比豆腐好吃得多。

店里从早到晚挤满了客人，连澳大利亚的总理来了也得等位。

尝到数十年前的美味，我已满足，人亦老矣。

庞马火腿的诱惑

到意大利，有些人总是去罗马的西班牙大台阶，或者前往米兰的蒙特拿破仑大街购物，在我看来，甚无文化。

有文化也不一定是指欣赏什么绘画或雕塑，吃也算在里面。离开米兰两小时，就能抵达庞马，应该顺道一游。

欣赏意大利菜，从粉面入门，再下来就是他们的生火腿了。我们经常把生火腿叫为庞马火腿（Parma ham），但和只有香槟区产的汽酒能叫香槟一样，庞马产的火腿才能称为庞马火腿，其他地方的，只能叫火腿（prosciutto）罢了。

庞马火腿经过庞马火腿管理委员会（Consorzio del Prosciutto di Parma）严格控制，一定要按照古方制作，检验之后，打上像劳力士标志的皇冠火印，方能合格。我们在超市里，也要认清此标志购买，才不会受骗。

"怎么这条腿有四个皇冠火印？"我问，"是不是印愈多愈高级？"

我们参观了 Villani 这家厂，厂长笑着解释："完全没这一回事儿。这条腿做好了，要分成四块真空包装，才打四个印，总之，不管你买块大的或小的，都要有火印才对。我们还是从头看起吧！"

打开仓库，比想象中要大得多，分成几层，第一部分是刚从宰场中运来的猪腿。

"西班牙黑猪，吃橡树的果实，庞马的也是？"

"不，不。"厂长又笑了，"你知道庞马地区，除了火腿，最出名的就是我们的庞马芝士（Parmesan cheese）。猪吃的，是做芝士剩下的渣淬，所以它们的肉特别肥美，不可以用其他饲料来喂。"

好幸福的猪，专吃著名芝士长大！

"有没有分左腿或右腿的？"

"意大利人不分这个，左右腿都会用上。也许你们吃得出吧？"

"猪要养多大？"

"两年，"他说，"庞马很大，要在兰吉拉诺（Langhirano）这里养的才最好。"

"它们像不像神户牛那样听音乐？"

厂长笑得差点跌在地上："不过，庞马这个地方的人都爱音乐，威尔第（Verdi）和托斯卡尼尼（Toscanini）都是庞马人，也许猪也受到了感染吧！"

"一只腿，要腌制多久？"

"和养猪的时间一样，也是两年，"他说，"你看到我们仓库的窗了吧？又窄又长，是种特色，这是为了让风吹进来。"

"一年到头都开着？"

"有时开有时关，由厂里一个有经验的老师傅全权负责。"

"一只腿有多重？"

"12 到 14 千克，风干到最后剩下 10 千克左右。"厂长打开了一个仓柜。嚯，里面至少挂着上千条猪腿。

"只用盐来腌，"他说，"用的是最好的海盐，其他香料和防腐剂一概都不准放，否则让火腿协会一发现，几百年的声誉就全部扫地了。"

其制作过程是先用湿盐搓在皮上，露出肉的部分再用干盐腌之，放在一到四摄氏度的气温中，湿度保持在 80 巴仙。

"七八个星期后就要拿出来洗，用的是温水。"

"洗后再用盐腌？"

"除了盐，还要用人手揉上猪油，叫 Suino。"

"猪油腌肥猪，这还是第一次听到。"我也笑了。

另一位老师傅过来，打开了下一层的仓库，他用一根尖刺，在火腿底部插进去，边插边闻，每只火腿刺了五下。

厂长解释道："并不是只闻是否够香那么简单。为什么要刺五下？刺的都是血管的部位，血管中如果还留有残血的话，火腿就会变坏了。"

学问真大。我问："庞马人是从什么时候开始学会腌火腿的？"

"人们在一个山洞里发现了一堆化石，通过检验知道了骨头中有盐分，那是 4000 年前的人贮藏的，可能是人类知道这个地区的气候最适宜做火腿吧！"

我们走到最后的仓库，里面挂着成千上万的火腿，等待运到全世界各地去。我已等不及，向厂长大叫："试吃，试吃！"

"已经准备好了，请便吧！"

大厅中摆满了银盘，装着由三只火腿片出来的薄片，还有另外一只，也切出来给我们比较。厂长说："这是其他欧洲国家做的火腿，你看，一点都不肥，完全不是那么一回事儿。"

庞马火腿色泽粉红，一阵甘香扑鼻，入口即化，像是仙人的食物。最美妙的是，要是只吃火腿吃到饱，也一点不觉得口渴。我问："是不是只适合配蜜瓜和无花果？"

"什么水果都行，只要是甜的就行。"

"你认为西班牙的黑猪火腿如何？"

"意大利也有另外一种出名的，叫作圣丹尼，和西班牙火腿很接近，颜色黑一点儿。"

"哪一种最好吃？"我问。

厂长又露出一排牙："有人喜欢肥润的，有人爱枯瘦一点的，两种都是美味，不同而已。"

这时，厂长看到有些人把庞马火腿上的那层脂肪拉掉，只吃瘦的。厂长偷偷地在我耳边说："我最反对这种吃法，一定要瘦的和肥的一块吃才叫吃庞马火腿。要减肥的话，吃少一点儿就好了。"

好的火腿，天使也要下凡与你争食

西班牙火腿，为什么是世界上最好的？有四大因素。

第一，品种。只有伊比利亚半岛的猪，才有那股独特的味道。

第二，生态环境。只有在西班牙南部的草原中种出来的橡树，用它的果实来喂的猪，才能有那股味道。

第三，在大地上生长。在那些草原里，猪可以和牛一样，自由奔放地生长。

第四，气候。只有在那一小片地区，微气候不冷不热、不湿不燥，才能让火腿长时间风干。

西班牙猪的特点在于四蹄又尖又长，皮和蹄都是黑色，这种猪叫作伊比利亚黑猪，整个西班牙生产的火腿，其中也只有五巴仙能被叫作伊比利亚火腿（Iberian ham）。

将伊比利亚火腿切片，肉色由粉红到深红，中间，像大理石的纹路一样，夹着白色的脂肪，整块肉都会发亮，这是猪吃橡实的结果。

香味来自脂肪，猪一瘦，就不香了。

我们这次在巴塞罗那，每一顿饭都要叫伊比利亚火腿来吃，它的香味，不是意大利火腿所能比的。

被世界上的高级餐厅和名厨公认为最好的，是 Joselito Gran Reserva。西班牙著名的食评家拉斐尔·格拉西亚·桑托斯（Rafael Gracia Santos）说："如果 10 分满分的话，Joselito Gran Reserva 应该打 9.75 分。"

Joselito 这家公司选 100 巴仙的伊比利亚猪，除橡实之外，还喂香草。每只腿需要风干 36 个月，用最纯的海盐手工腌制。在工厂里，唯一机动的是窗门，一按按钮，通过开窗闭窗来控制室温，仅此而已。

每只腿有八千克左右，削去皮，即可进食，但最好的状态应该在削皮后，再等一两个小时，让它的温度接近室温，再片来吃，此刻最香。

怎么一个香法？对还没有尝过的人是很难解释的。可以这么形容吧：我们这次在餐厅叫了一份，未上桌前忽然闻到了香味，转头，原来是侍者从厨房中把火腿拿了出来。

这种伊比利亚火腿比普通猪肉的蛋白质要高出 50 巴仙来。它的脂肪是油酸（Oleic Acid），相当于橄榄油中的"好脂肪"。"好脂肪"会提高血液中的高密度脂蛋白胆固醇（HDL-C），就是所谓的"好胆固醇"。大家知道胆固醇有好有坏，油酸可以降低血液中的"坏胆固醇"（低密度脂蛋白胆固醇，LDL-C），这是被医学证明过的。

怕长胖吗？愈吃愈健康才对，只要你吃的是 Joselito Gran Reserva。

一只八千克的火腿要卖 495 欧元。

我们这次吃下来，还发现另一只叫作 Jabugo Sánchez Romero Carvajal 的，也可以和 Joselito 较量。

Jabugo 是伊比利亚火腿的另一个叫法，Sánchez Romero Carvajal 则是西班牙最古老的一家火腿公司的名字，它始创于 1879 年，也是全国最大的火腿公司。每年要屠宰的七万只伊比利亚猪中，最高质量的猪是兰布拉大街这家公司养的，猪身上有野猪的血统。

最高的等级是 5J。我们在兰布拉大街的菜市场 Saint Jose 第一档火腿档 Reserva Iberica 购买时，店员切了一块 3J 的和 5J 的给我们比较，不管是色泽和香味，都是 5J 的为佳。

所谓 J，代表了年份，一般人会认为腌制了五年后拿来吃的叫 5J，火腿像红酒一样，也是愈老愈醇。

其实，代表年份的 J，是指猪只的长成，5J 的由养了四年半的猪腿制成，肉质才最成熟、最香。养三年的，就比不上了。腌制过程，要经过 36 个月。

这只火腿，一只 7 千克的，卖 425 欧元。

有些人会以为 Serrano 火腿就是伊比利亚火腿，其实是错误的。Serrano，是山脉地带的意思，这些猪不养于生满橡实的草原，不自由奔放，只吃谷物长大，最大的区别是，猪皮是白的。它只需养 18 个月就能屠宰，一只 8.5 千克的火腿，只卖 149 欧元。但也已经非常、非常好吃了。

如果不整只腿买的话，可购入去骨和去皮的，一只腿斩成四件，真空包装，售价就更贵了。也有切成片的，真空包装。我们去了巴塞罗那，回程时经过巴黎，在高级食品店中可以找到，价钱已经高过一倍了，怪不得老饕们都向西班牙厂一只一只邮购。

吃腻了，可以换换胃口，叫一客 Chorizo Iberico。这是用伊比利亚猪肉腌制的香肠，加了大蒜、辣椒和香草，切开后即可进食，不必煮过。

通常，人们看到颜色深红的火腿，以为一定是过期了，或者是表面被风干太久。但是真正好的伊比利亚火腿，颜色都是深的。吃法也并不一定是切片，老饕们会将它切成丁，骰子般大。不管是片，还是丁，好的火腿，入口即化，即使是天使也要下凡，与你争食。

不必追求什么贵价鱼，普通亦可鲜美

最好吃的鱼之一，是七日鲜，身扁平，属比目鱼或鲽鱼科。鲽鱼种类甚多，因其眼睛的方向不同，也被称作左口鱼或右口鱼。体积也各异，在大西洋中抓到的，可达四米长，身重 150 千克，当成刺身，可以分给 1000 人吃。

七日鲜已被我们吃得快要绝种了，剩下的还有方脷，也极为稀少。在市场中出现时，小贩叫住倪匡兄来买，作为吃鱼专家的他，叫小贩把鱼翻过肚子来看，洁白带粉红色的才是正货，如果看到的是带有黑斑的，蒸出来后会发现肉质粗糙，并且有渣滓。因此，看鱼，也要有慧眼。

倪匡兄一生中吃鱼无数，几十年前我们到"北园"，大厨钟锦前来，说有一尾青衣，问要还是不要。倪匡兄皱起眉头："杂鱼嘛，怎么吃？"

当今这些普通的珊瑚鱼也已经是宝贝了，海洋的污染是最大的原因，另外的原因正如环保广告所言，"没有买卖，就没有杀戮"，我们当然也不鼓励吃，我要谈的是一些控制捕捞的鱼。

到日本料理店，当今大家都知道卖得最贵的是喜知次（Kinki），产于北海道。天气开始变冷时，鱼身上的肥油就长出来了，鱼全身布满脂肪时最美味，翅边还带有半透明的胶质物，香滑无比。

鱼刚刚捕捞出来时才可以当刺身，冷冻后只能"煮付"（Nitsuke）了。这是日本人吃鱼的一种方式，用酱油、姜丝、牛蒡、香菇和大量清酒把鱼从生煮到熟，在最适当时收火，你就会发现，除了刺身，煮熟的鱼用这种方法做最好，高手做起来，不逊于我们的蒸鱼。

时间控制是数十年的功力，学来不易，我的改良版本是在锅中放清水、清酒、酱油、一点点的糖和姜片，一起煮到滚开，这时将洗净的鱼放进去，肉一熟，即食，边煮边吃，虽然卖相不佳，但不失为最美味的吃法之一。

喜知次是东京人爱吃的，大阪人则把"喉黑"（Nodoguro）当宝，这种鱼很容易辨认，翻开鱼鳃就能看到里面的颜色是全黑的，故以此名称之。和喜知次一样，它也是全身脂肪，新鲜时可当刺身，多数是撒盐后烧烤。

除了这三种，日本还有一种"贵族鱼"叫作"金目鲷"（Kinmedai），栖身于海平面200米以下的深海，捕捉上来当天吃的叫"地金目鲷"，全身通红，五月下旬的最肥，伊豆稻取区产的已成名牌，叫"稻取金目"，有缘见到请即买即吃，实乃天下美味也。

我们曾经的年代较为幸福，奇珍异种的鱼吃得较多，当年也没人反对，只要有钱就能买到。不鼓吹，只当成一个记录：

在日本吃到的"帝王级鱼"还是蓝鳍吞拿，全身甜美，不必只吃肚腩。当年老饕还嫌肚腩太肥，只吃其他颜色较深的部分。当自己是专家的人，看到这个部分，以为是劣货，他们还没有吃过真正在日本海附近捕捞的，当然不知其美。印度和西班牙的金枪鱼，除腹部之外肉质粗糙不堪，又毫无甜味，只能当罐头卖了。

当年还能吃到鲸肉。鲸那么大，好吃吗？极为美味，尤其是尾部，日本人称作"尾之身"（Onomi），其肥腴和甘美，是很难用文字形容的，吃过就能够了解为什么日本人对鲸那么迷恋了。

20 世纪 60 年代开始，中国香港人最喜欢的是老鼠斑。白色，身上有黑色的斑点，嘴巴向上翘，有点像老鼠，故以此名称之。香港经济快速发展后，此鱼再贵也有人买，结果你知道的啦，当然是吃得濒临绝种。当今在西贡 ① 或鲤鱼门的海鲜档中还能找到，卖出天价，但也不正宗，只是品种相似而已，来自菲律宾，但慕名而来者吃不出味道上的区别。

真正好吃的老鼠斑，来自中国南沙群岛，倪匡兄这么形容："肉质纤细，带着一股清新的味道，像沉香。"

近年在友人家中吃到的，据说是中国东沙群岛的老鼠斑，肉质是不错，但哪里有倪匡兄所说的那种味道呢。

早年到北京或上海的菜馆，菜单上必有鲥鱼，四季都能吃到，虽是冻僵了运过来，但也是天下美味。它并不属于海鲜，而是生长在咸淡水交界处，富春江出产的鲥鱼最为出名了。

当今也快被我们吃光了，餐厅里的鲥鱼，多是南洋的品种，或者是珠江三角洲的三赖假扮的，卖得也很贵，很多人吃得津津有味，而倪匡兄则认为那是腥味，不是香味。

---

① 即中国香港西贡区。——编者注

只有往河里找了。我们一起去了马来西亚，那里的野生河鱼还是极多的，也不必吃什么贵价鱼，最普通的丁加兰、巴丁等也已经很美味，肚边的那层脂肪厚得不得了。

张爱玲说人生恨事之一，是鲥鱼多骨。请倪匡兄形容这种马来西亚的河鱼，他说："比鲥鱼的香气更重，肉质更细、更肥，但除了中间脊骨之外，并没有细骨。"

喜知次的英语名叫"大手刺头"（Bighand Thornyhead），也许在欧美也能找到，但即使鱼再肥美，不会煮也不行。还是我们清蒸的技巧最高超，不像洋人那样煎烤，又挤大量柠檬汁才能完成，这是以前吃到的鱼容易腐烂，只有用柠檬汁来遮羞，遗留下来的坏习惯，再改也改不了。

我们的蒸鱼要蒸到鱼肉刚刚好黐在鱼头，从前老饕一看厨子把鱼蒸得过熟，就要翻桌子骂人，把好好的一条鱼糟蹋掉了。

蒸鱼本事高的有流浮山的"海湾"，老板肥妹姐一有野生黄脚立就会打电话来，我们一群人即去品尝，黄脚立在厨房中蒸出来的香味，坐在餐厅中都能够闻到。一碟鱼捧出，有大有小，但蒸得每一条的火候都刚刚好。

春与白子，令人念念不忘

小时候，家里斩鸡，爸妈对我宠爱，必将鸡腿夹给我，我感到对不起姐姐哥哥，绝少去碰，但当见到鱼卵时，我总是会不客气地独吞了。

长大后，到卖潮州糜的档口，看有鱼卵，必点来吃。卖的多是鲳鱼的卵，和母鱼体形一样，平平扁扁，也有西刀鱼或鲈鱼的卵，像管雪茄。

来到中国香港，听广府人叫鱼卵为"春"，原来春天是交配期。各种不同的鱼，海里的种类多，淡水鱼的春也不少，在朱旭华先生家里吃到的上海葱烤鲫鱼，有点鱼冻，更有大量的春，好吃至极，至今念念不忘。

单独以鱼卵为主的菜，大多是蒸出来的；煎的话，很容易散开，吃起来不方便，但要煎才香，那么最好是先蒸熟后，再用小红葱头爆之，滴几滴鱼露，特别美味。

刚到日本时，我半工半读，过苦行僧殷的留学日子，当然吃不到什么高价的鱼卵。家父来探望我，把我带到餐厅，叫了一客柳叶鱼（Shishamo），上桌一看，两英寸①大的鱼，肚子里胀满了鱼卵。他对日本的美食知识了解颇深，都是由看小说和随笔得来，我望尘莫及。

身体的肉太硬，我们是不吃的，只把柳叶鱼的肚子一口咬了，细嚼之下，那种香甜，无法用文字形容，后来这种鱼因海洋污染和拖网捕

---

① 1 英寸 = 2.54 厘米。——编者注

捞，近于绝种，当今吃到的多数来自加拿大，体形较粗，卵也多，中国香港人称之为多春鱼，可是一点也不好吃，偶尔在小食堂中找到日本产的野生品种，留下不少的味觉回忆。

有些鱼卵一咬进口就觉得爽爽脆脆，中国香港人吃到了就说这是螃蟹的子，其实是属于有翅膀的飞鱼（Tobiuo）的卵，我曾长久被骗。

另一种爽脆带硬的鲱鱼卵，结成黄色的一片片，是日本人过年时必食的。在市场中也常见，买了回来一吃，咸得要命，原来这种称为"数之子"（Kazunoko）的鱼卵，一般以重盐渍之，得浸清水过夜才能吃。这时咸味已淡，用鲣鱼汁煨之才美味。高级的数之子，是等鱼把卵产在昆布的双面，再把昆布切成长方形小片吃，两边黄中间绿，初试的人都不知道是什么东西。

在日本早餐中常出现的是明太子，日本人把鳕鱼的卵染红来吃，韩国人还加了辣椒，更下饭。最后是鲑鱼子，如果是新鲜的则不必盐渍，一点也不咸，鲜甜得很。

更高级的当然是乌鱼子，日本人称之为"唐墨"（Karasumi），形状像中国在唐朝时传过去的墨，很多人还以为只有中国台湾盛产，其实希腊人、土耳其人也很爱此味，意大利人更把它拆散了铺在意粉上，是甚为流行的一道菜。

说到中国台湾的乌鱼子，哪里的最好呢？产量最多的是高雄附近的"旗津"，整个乡村都在做，还有很巧手的工人会修补破烂了的黏膜，与从前补丝袜异曲同工。

如果说乌鱼子是鱼卵中的黄金，那么鲟鱼子就是钻石了。一般的都很咸，吃不出鲜味。伊朗的最佳，刚从鲟鱼腹中取出即刻腌制，盐下得太多会过咸，下得少又会腐烂，世界上也只剩下四五位技工拿捏得刚刚好，价格不贵也不行了。

鲤鱼肥时，街市上的小贩会把鱼肚子一按，看流出来的是鱼卵还是鱼精。前者便宜，后者身价贵了许多，它是鱼的精子，比卵子美味和珍贵。

一般人都不会欣赏鱼精，尤其是女性，有的人还觉得恶心，可是一旦爱上鱼精，便会不断地寻来吃。

在寿司店中较为常见的是鳕鱼的精子，雪雪白白地蜷曲成一团，略淋上点醋便能吃，口感黏黐黐的，比煮熟了的猪脑好吃百倍，当然是春天产量最多，用来送清酒，真是一流。

天下极品，则是河豚的精子，在《入殓师》一片中，殡仪馆老板把河豚的精子当宝一样，在炭上烤了来吃，没试过的人看了也心动。

河豚精子在日语中被称作"白子"，在高级河豚店中，一客小小的一块，至少也要卖到四五百港元。刺身固然好吃，用喷火枪略略一烤，异常之鲜美，而且一点也不觉得有腥气，女性们试了一点儿，也即刻会吃上瘾来。

河豚店里，除了河豚翅酒之外，还卖"白子酒"（Shirako zake），把河豚精子打散，放在杯底，再用煲得很热的清酒一冲，就那么喝，不羡仙矣。

近年，鱼卵和鱼精，已被视为胆固醇的"结晶"，食客敬而远之，在菜市场中卖得极为便宜，有些档口在你买鱼时还会奉送，我们这些喜爱它们的人，嘻嘻笑着偷偷吃，不告诉别人，免得涨价。

烧猪，要吃大的，要吃从前的做法

第一次看到人家烧猪，是新加坡"发记"李老板的父亲来我们家聚会。

在花园里摆了一大片盖屋顶的铁皮，生了红红的炭，铺在铁皮上。用一根大铁叉，叉住了一只乳猪，就那么将猪烤起来，油一滴滴地滴在炭上，发出嗞嗞的声音，飘起一阵阵浓烟，香味扑鼻。

烧出的皮亮光光，这原本是潮州人的做法，后来传到南洋去，都是同一个做法。广东人的烧法则不同，先上酱，里面有蜜糖、淮盐、酱油等，待酱干之后，再用刺针，把皮插出一个个小洞，这样烧出来的皮叫芝麻皮，因为小洞变成了一个个小泡，像一粒粒芝麻。

在中国香港的婚宴上，曾几何时，在烧猪头的那双眼上加了两个发着红光的小灯泡。灯一熄，全队侍者各捧着一大盘烧全猪，分发到每一张桌子上。

猪皮一冷，就不脆了，一桌 12 个人，每位也只分到两小片，相当寒酸，那两粒眼球，卖相也极为恶劣。所以后来，我组织的旅行团，到了泰国，吃的乳猪虽不大，但一人一只，烧后即食，这才过足了瘾。

去葡萄牙，早已听说那里的烧乳猪出名，我就非试不可。其中一家在乡下开了店，生意一好，镇上的每一家人都开始卖乳猪，这个镇变成了乳猪镇。

他们的烧乳猪为什么那么出色？到厨房参观，才知道秘诀，原来除了在皮上擦香料以外，还在猪肚中涂满了猪油，猪油加在少油的乳猪上，更香。回来后我把这个方法告诉了"镛记"的甘健成老板，他在烤乳猪时依样画葫芦，果然比从前做的好吃得多。这种做法从葡萄牙再传到中国澳门，演变为澳式葡国料理，将乳猪烤至半熟，铺在一盘用乳猪肉炒的炒饭上，再放进焗炉中一焗，猪油渗进饭中，更是一绝，不过吃这道菜时已觉得饭比烧猪好吃了。

乳猪再怎么香，也比不上大猪，大猪更有猪味，烧出来才够香够浓。烧猪，还是要吃大的。

很多地方有吃烧大猪的习惯。原始的做法是把大猪放在地上，用木头就那么烧起来。再进一步，在地上挖一个浅坑，先铺烧红的石头，把猪摆进去，再把热石头放在大猪上面。最后用椰叶盖起来，炆个几小时，大功告成。在夏威夷也用这种方法烧猪，人们还会在猪肚中塞满各种各样的水果，非常特别。

中国一些地方的烧大猪，比较有文化，最初是在地上用砖一块块搭成一个大炉，燃木烧热了大炉四壁的砖，再挂大猪进去。这么一来，整头猪才烧得均匀。

后来的烧猪，是在小山坡上，把半座山削平，像字母"L"的形状。另外在山坡旁挖一个深洞，呈"U"形，两个字母加起来变为"LU"，最后在"L"字上挖开一个小小的通风孔，里面烧柴，把大猪放进"U"字洞中烤。这个方法我在珠海也见过，但相信再过不久，也会被现代科技所取代。

如今，在中国香港吃到的烤金猪，到我们口中，已觉得肉皮很硬，牙齿再好，也咬不动了。

这都是所谓厨艺"现代化"的结果。用一个椭圆形的不锈钢大炉，下面用电线发热，样子像火箭上的太空舱，行家就叫它"太空炉"。

太空炉烧出来的猪，会缩小，因为火是从下面传来的，四壁并没有烧红，有些部位烧得太焦，有些部分则未熟透。这还不打紧，而烧出来的皮，脆度只能维持三到四个小时。试想，由工厂运到茶餐厅去，等到你光顾时，皮已不好吃了。

但从前的烧猪不是这样的，我为了追索美味，拍摄以往的烧猪做法，特地要求元朗的"金记烧腊餐厅"的谭汉华老板为我重现一下。

从元朗市中心出发，经过弯弯曲曲的小路，到了无人之处，在大树旁边，看到已荒废的烧猪厂。

之前，谭先生和伙计们来打扫过，地方还算干净。走进去后，我看见地上有两个大洞，洞口旁边另有一个小洞，那是透空气用的，地上堆满了木条。上了年纪的师傅熟练地把木条一根根扔进洞里，生了火。

洞一亮，就能看到里面有多深，大约有两个人那么高吧。四周整齐地用红砖砌着，直径很长，可以同时放八只大猪进去。

这时，洞底木柴烧的火已熄灭，但洞壁已被烧得通红，师傅用一根铁杆把猪抬了进去。先烧个半小时，取出，涂上盐、蜜糖和香料，再用排得密密麻麻的针块往猪皮上插去，这么一来，皮才会起泡，会烧得更脆。从炉壁发出来的热力均匀地将猪烧出来，约一小时后完成，我迫不及待地撕下一块来吃，啊，那种香味，那种脆法，已很久未尝到了。

"十多个钟后吃，还是脆啪啪的。"老师傅说。从他眼中可以看到昔日的光辉，满足之中带着悲哀。我走过去拍拍他的肩膀，举起拇指，赞一声："好！"

回忆可将难吃的食物变美味

最初，我到了日本，因半工半读，吃的尽是一些最便宜的食物，能够填饱肚子就行，除了拉面和咖喱饭，通常就是日本炒面了。

看食堂玻璃橱窗中的样品，一团咖啡色的面条，上面有些碎肉、高丽菜等，再撒些绿颜色的粉末。我一向爱吃面，相信不会坏到哪里去，即刻点了这 40 日元的"佳肴"。

那年冬天是日本 40 年来最寒冷的一个冬天，雪下个不停，这碟炒面上桌时，还是热腾腾的，感谢上苍。

一吃进口，完蛋了，怎么甜得那么恐怖！面条也是软绵绵的，一点弹性也没有，口感实在太差，再加上那种鱼腥味，它出自何处？

原来，腥味来自那绿色粉末，它是把海草晒干后磨出来的。高丽菜倒可以吃得下，至于样品中的碎肉，怎么找也找不到，我开始担心这家店营业都有问题。

甜味来自酱汁，所以日本炒面也叫酱汁炒面（Sosu Yakisoba）。酱汁可以在杂货店买到，通常是可果美（Kagome）公司和牛头犬（Bull-Dog）牌的产品，后者的商标上画着一个老虎狗头。

看原料，有西红柿、苹果、西梅、红萝卜、洋葱、杏、醋、香料、酵母及砂糖等，非常复杂，但吃起来，像是鹰粟粉拌了醋和大量的糖而已，怪不得那么甜。

这种天下"最恶劣"的食物，吃了很多年之后，我再也没去碰它。数十年后再到日本，忽然想起，又再去试了。回忆，让你在心里把最难吃的东西，变成美味。

也许是经济条件好转，食物也进步了，像那碗拉面，最初也不行，后来慢慢变佳，但看日本炒面上桌时的样子，不觉得它和从前的有什么不同，最多，也只是加了几片火腿而已，但一吃进口，啊！做留学生时的甜酸苦辣，甚至连交第一个日本女友的往事，都呈现在眼前。

开始喜欢吃日本炒面了，不去食堂，也会买一盒即食炒面享用。人，就是那么奇怪。

日本炒面也是由中国传过去的。在神户，人们吃的是上海式的硬炒面，而横滨才有广东式的软炒面，脍炙人口。加上大阪人喜欢吃的"好烧"的酱汁，日本炒面虽叫中华面，但一点也不"中华"味，已经变成了和食的一种。

所用的面条，都下了碱水，呈黄色，不是沪式的白面。而这种面条是用来煮拉面的，拉面是全生的，炒面则蒸过，带湿气。所以我会把买回来的面条，在煮炒之前先放入微波炉叮一叮，师傅说这么一来会更好吃，这也成了秘诀，你要做正宗的日本炒面，也得学他们叮一叮。

日本炒面，基本的做法如下：在杂货店或超市买炒面用的面团一团——日本人称之为"一玉"。再把高丽菜切碎，加上一点点半肥瘦猪肉片为配料。

油下锅，先炒猪肉，炒个一分钟左右，就可以下高丽菜了。再兜一兜，下点水，盖上锅盖，让它蒸一蒸，把菜蒸软，这时就可以下可果美酱或老虎狗酱。师傅还有一个窍门，那就是不把酱汁直接洒在面上，而是由锅边淋下去，再翻炒。他们说，这么一来，面条才不会黐底。

喜欢吃甜，酱就下多一点；嫌太腻，就加酱油去中和。其他调味品一概不用，一碟正宗的日本炒面就能上桌，当然，别忘记撒海草粉，海草粉可以在杂货店买到现成的。

这一类炒面最受欢迎，接着就是盐炒面（Shiyo Yakisoba）。盐炒面可以很豪华，配料中有虾、鲜鱿和青菜，加大量蒜蓉来炒，最后撒上黑胡椒即成。

第三种炒面叫"五目"（An Kake Yakisoba），五目，是杂菜的意思，即有猪肉片、虾、鲜鱿、白菜和黑木耳五种食材，而 An Kake，是一团糊里糊涂的荧粉，撒在面上，相当吓人。

通常是先将五目炒熟，放在一边，再把整团面条放进加入大量油的锅中去炸，炸得酥了，再把五目和荧粉淋上，大功告成。这种面，也叫中华炒面或天津炒面，最初吃，也是难以下咽，我到现在还不能接受。

除了这三种，也有以下变化：加入牛肉和洋葱的酱汁炒面、猪肉豆芽和韭菜炒面、日本菇和圆形鱼饼炒面、猪肉碎和西红柿炒面，以及长葱和姜丝炒面，上桌时还要撒一撮木鱼丝，让它给水蒸气一蒸，像会蠕动一样，小孩子最喜欢。

酱汁方面也有诸多进步，有的混了一些蚝油，蚝油当今在日本流行起来，成了重要的调味品，一想到要煮所谓的中华料理，家庭主妇都会下一点蚝油，其实就是变相的味精。

除了可果美和老虎狗酱，其他种类有："下关酱"，带着咖喱味；"铁锭牌酱"，加了很多胡椒；"横手牌酱"，加了木鱼，日本人认为是和风酱；还有"京风味牌酱"，味道极淡。

至于即食的炒面，虽说叫炒，但与炒无关。通常是把面放进一个四方形盒子中，把盖子的其中一角掀起，注入滚水，封起盖子后，经三至四分钟冲泡，最后由五个小洞把水沥干。这时，打开整个胶盒，撒上一包粉末，一溶，原来就是酱汁。另一包，里面有绿色的海草粉，又是那种腥得可怕的味道，加进去才算正宗。

写稿到天明，我会在清晨四五点钟弄一盒即食日本炒面，虽是拌的，不是正式炒，也觉得这是完美的一餐。

沙嗲，街边小吃，民间智慧

沙嗲[①]（Satay）这种食物，大家都争着说是他们发明的，连潮州人也说是由他们带到了南洋。

据我了解，Satay 一词，是马来语，但马来西亚文化受到印度尼西亚影响，马来西亚人的老祖宗应该有印度尼西亚人，而发音成"沙茶"，是因为闽南话和潮州话中，茶被叫成 Tay，是个译音。道理是过番[②]到南洋的福建和潮州人众多，他们的沙嗲也只限于酱料，应该是由南洋那边传过去的吧！

到了中国香港，他们的茶，叫 Cha，与 Tay 不符，就把"茶"改成"嗲"了。

基本上，沙嗲是一种串烧，应是从中东人那里学来的。原始的印度尼西亚沙嗲，肉片切得又方又厚，烧熟费时，而他们的酱有点像淋在花生酱拌杂菜（Gado Gado）上面的那种，带甜味，但不香。

---

① 沙嗲，传统的马来西亚美食。——编者注

② 指离开故土，到他乡或他国谋生。——编者注

沙嗲来到马来西亚，才得以发扬光大，成为他们重要的街边小吃。马来人不高大，食量小，所以把肉切得极细，不规则地串起。这么一来，不用花太多时间去烤，而且烤制时不断地用刷子涂上椰油和香料，肉汁滴在木炭上，发出嗞嗞的声音，香味也扑鼻而来。

串肉的工具，通常是将椰叶的叶片削去，剩下中间那根叶骨当签，但苏丹和贵族们，是用香茅来代替椰叶的，涂油和香料的刷子，也是把香茅的一端春碎而成，让香茅的味道更加渗入肉中。

原料一般是鸡肉和牛肉，马来人不吃猪肉，如果你看到有猪肉串的沙嗲，就知道一定是中国人的改良版本。从前，原料并没有那么简单，羊肉用得多，也烤牛肠和羊肠等内脏，非常美味，可惜后来的人为了健康，逐渐不吃了。

肉先用香料和调料腌制，有黄姜、香茅、罗望子和糖等。吃马来的沙嗲，全靠它的酱，酱做得不好，这摊子就没有人光顾了。

酱料的材料十分复杂：烤香的花生碎、虾米、蒜蓉、红葱头、姜蓉、石栗、芫荽籽（有些娘惹还喜欢用芫荽根）、茴香籽、南姜、黄姜、大量的香茅、辣椒干，以盐、椰糖、罗望子汁调味。

做法是：炒香葱蒜，加椰糖，再把搅拌成泥的所有香料加入，拼命炒，倒进混合的调味料，加水拌匀罗望子汁，慢火炒至油脂分离，最后兜进去皮爆香并春碎的花生，即成。花生碎是关键，不可春成糊，要有咬头，香不香全靠它。

本来，马来小吃一直保持着传统做法，可在社会进步的冲击下，椰叶包用透明的塑料袋代替了，我看了反胃。

从前的马来乡村，叫作 Kampong，到了傍晚就有小贩挑着担子卖沙嗲，一头是个长方形的铁皮炭炉，另一头是一大锅酱，下面生火烘热。客人在小凳上坐下来后，小贩就把沙嗲烤起来了，也不问要多少支，烤熟了摆在铁盘子里拿到客人面前，里面当然有少不了的马来粽（Ketupat），开半之后又切成方形小块，还加了青瓜和洋葱。

客人吃完后，小贩就拿着剩下的椰枝来算钱，吃多少算多少，童叟无欺。有一些狡猾的顾客，趁小贩转头，就一只手抓一支椰枝，另一只手把椰枝折弯了，弹飞到草丛中去，这是人心变恶的开始。

中国小贩也学着做沙嗲，把猪肉切得较厚，串起时在中间加块肥的，酱也起了变化，加了菠萝蓉。

沙嗲酱传到了潮州后，因找不到热带的香料，就没那么复杂了，而且把花生磨成了糊，没有嚼头，不那么香了。高手拿它来炒牛肉，成了一道叫沙茶牛肉的名菜。从前南北行潮州巷子里，有位酒糟鼻的汉子，带着个有智力障碍的女儿做这道菜，店名叫什么金记或晶记，我已经忘了，那老头炒出来的是我吃过最好的沙茶牛肉，又香又软，毕生难忘，也成了绝响。

当今在中国香港出现的沙嗲，多数是印度尼西亚人或泰国人做的，并不十分出色。烤出来的东西深受日本串烧的影响，有鸡翅、鸡心和鸡皮等，主要是肉太大块，烤得不熟透，酱又不香，非常乏味。

一些店还炒了一大锅所谓的辣汁沙嗲，黑漆漆的，加了很多面豉，带苦味的居多，把这些酱用来炒肠粉、煲东风螺等，皆为邪道。

潮州人又用沙茶酱来当火锅汤底，这最初是由九龙城的"方荣记"传出来的吧。

虽然不是正宗沙嗲，不过，茶餐厅用潮州沙嗲来炒牛肉，放在米粉上当浇头，也有些夹进面包里，烘烤后又在面包上涂牛油、淋蜜糖，很是可口，现在已变成香港地道的小吃之一了。

我的吃牛经验

小时候吃牛肉，母亲到菜市场买个半斤，切片后炒蔬菜，肉质时硬时软，但那时我牙齿好，什么都嚼得烂。

长大后开始接触西餐，牛扒当然是第一道菜。一大块肉，煎它一煎，就用刀叉分开放进口中，因为没试过这种吃法，所以觉得很过瘾，但一餐饭也只有这一种肉，也是很单调。

学了英文之后，才知道英国人的阶级观念不只在态度上有所区分，连字眼也有严格的区别，Beef 这个词是指牛肉中较好的部位，而下等的，则以 Ox 称之，像 Oxtail（牛尾）等。当然，那个年代的英国菜是极粗糙的，牛尾做得好的话，比背脊之类的部位还要好吃。

留学时到了韩国，更欣赏他们的牛尾煮法，叫 Kom Tang，是将数十条牛尾洗净了，切块放进一个双人合抱的锅中去煮。除了清水，什么调味料都不加。牛肉在韩国最为高级，一度贵得只有少数人才能享受，对这种近乎神圣的肉类，当然愈少添加愈好。

一整大锅的牛尾煮了一夜，翌日装进大碗中，连汤热腾腾地捧上来。桌面上另有一大碗粗盐和一大碗大葱，任客人随量加来吃。啊，真是无上的美味。

韩国人很会吃牛肉，什么部位都吃得干干净净，上等肉刺身，切丝后加上雪梨、大蒜瓣、蜂蜜和一个生鸡蛋拌它一拌，不知比鞑靼牛肉①

---

① 一道以生牛肉为主要原料的法国料理。——编者注

好吃多少。

鞑靼牛肉，传说是蒙古人行军时，把牛肉块放在马鞍下，就那么压着压着，将压碎的生肉直接吃进口。传到英国时加了洋葱、酸豆和咸鱼，由侍者在你面前拌好，用小茶匙试一口，味道合适时才整份上桌。

法国人吃生牛肉才不下那么多拌菜，就那么放进绞肉机弄碎了，加大蒜后淋上大量的橄榄油就吃起来，我曾经看女友这么做来让她的两个孪生女儿吃，觉得有点不肯下功夫。

牛扒大国非美国莫属，说到过瘾，没有比美式下骨牛扒（Porter House Steak）更厉害的了。整块牛扒，有中国的旧式铁皮月饼盒那么大、那么厚。吃牛扒总得到得克萨斯州去，可以把整只牛烧烤出来吃，老饕吃的，是一大碟的牛脑。

但美国人到底是"老粗"，拌着牛扒吃的只有薯仔，不像法国人那么精致，他们也是一块牛扒，不过旁边摆着一个小杯子样的东西，那是牛的大腿骨锯出来的，撒了盐焗，吃时用小匙把骨髓挖出淋在牛扒上，才不单调。

牛骨髓可以说是整只牛身上最美味的部分，可惜每次都吃不够。匈牙利人用几十管牛骨熬汤，捞出来让客人任吸骨髓，这才叫满足。

吃了牛脑、牛骨髓之后，当然得吃牛内脏。煎牛肝在西餐中十分普遍，意大利人拿手的是吃牛肚，我去了翡冷翠（佛罗伦萨），非到广场的小贩摊吃卤牛肚不可。虽说是卤，但放的香料不多，近于盐水白灼。欧洲其他国家也吃牛肚，多数用西红柿来煮。

小牛腰是道高级的西方菜，因不去掉尿腺，高手做起来才无异味。六个月大的、不吃草的才叫小牛，肉是白色的，一开始啃草，牛肉就会变红。

　　除了这几个部分，洋人几乎不会吃其他内脏，他们喜欢吃的是 Sweetbread，但这个词和甜面包一点也搭不上关系，是小牛的胸腺或胰脏，这是我从来不了解的。也许是因为还没有遇到一位妙手吧。我好奇心极重，什么食物都要试到喜欢为止，但就是不能欣赏它，也许是缘分问题吧。

　　其他内脏，到了广东的卤牛师傅手上，都变成了佳肴，包括牛鞭，但他们就是不做牛胸腺，也许和我有共同点。崩沙腩和坑腩 ① 做得也出神入化，这个又带肥又带筋又带肉的部位最美味，洋人都忽略了，他们也不会吃牛腿腱，更不知什么叫金钱柪 ②。

　　说到神户，这是一个都市，没地方喂牛。每年有一个比赛，由周围的农场把牛送来，得到大奖的多为三田牛，所以如果你在日本说吃神户牛，就知你是外行。日本牛最好的产区，除了三田之外，还有松阪和近江，其他地区是不入流的，不过那里的人懂得烧烤，原因是肉好的话，就尽量少用花样。

　　花样层出不穷的还要回来谈韩国人，我认为他们做得最好的是蒸牛肋（Garubi-chim），用简单的红白萝卜、红枣和松子去红烧，差点失传的是加了墨鱼进去的做法，鱼和肉永远是个好配搭，他们懂得。

　　潮州算是一个爱吃牛肉的地方，他们的牛肉丸一向做得出色，而当今的肥牛火锅也由他们兴起。

　　肥牛到底是什么部位？其实有肉眼肥牛，采用牛脊中部肥瘦相间的

---

① 崩沙腩和坑腩是牛腩细分的不同部位。——编者注

② 金钱柪即金钱腱，是牛前腿的腱子肉。——编者注

肉，或是上脑肥牛，采用牛脊上面接近头部的肉。但不论什么部位，那头牛要是不肥的话，是找不到肥牛的。

在汕头有一家做得非常出色的肥牛火锅，各地火锅店老板纷纷来求货，但供应当地人已经不够。日本人养牛也不过是近100多年的事，他们的牛已能大量出口，中国有优良牛种，在这方面下功夫吧！

星洲无星洲炒米，海南没有海南鸡饭

正如星洲无星洲炒米一样，海南并没有海南鸡饭。

我去了海南岛，到处找，找不到，又问过一位在海南岛上住了五年的长辈，他也不晓得，问海南岛的本地人，他们说："有呀！"

他们给我吃的，不是我印象中的海南鸡饭。

那么海南鸡饭到底是谁发明的呢？

追溯起来，应该归功于新加坡"瑞记"餐厅的老板莫履瑞这个人。这么说，也许有许多海南人不同意，但这篇文章不过是抛砖引玉，如果有更正确的数据，请寄下。

莫履瑞在20世纪二三十年代从海南岛过番来到新加坡，以卖鸡饭为生。他和一般小贩担了一根扁担不同，是用很有力气的两只手提着两个竹笼，一个装鸡，一个装饭。饭是以饭球样式做的，扭得窝窝实实、圆圆胖胖。

莫履瑞这个做法，也许是看海南岛的亲戚朋友做过，所以说海南鸡饭出自海南也没错，只是在海南岛"失传"了而已。

当今东南亚各地都出现了海南鸡饭，国际酒店的咖啡厅或房间服务中，海南鸡饭更和云吞汤、印度尼西亚炒饭、叻沙等被列入"亚洲特色"菜牌中。

但是，所谓的海南鸡饭，只不过是普通的白斩鸡和白饭，完全不是那么一回事，真正的海南鸡饭，做法繁复。

用大量的大蒜连皮和生姜在油中爆了一爆，再将一把葱卷起来，还有马来人称为"巴兰"的香叶，一起塞进鸡肚子之中。鸡外皮抹盐。

煮一大锅水，一滚，加一匙盐，再滚，再加，凭经验看应该有多咸。

把鸡放入水中，烫个五分钟，捞起，过冷水。水再滚，再烫。烫三次或四次，看鸡的大小，不能死守陈规。

最后把鸡挂起来风干。

烫过鸡的水上面有一层鸡油，拿来放进锅中爆香干葱头，再把米放进去炒它一炒，炒过的米放进另一个锅中，炊饭的水也是用刚才烫鸡的汤，用一半。另一半留着，加高丽菜和冬菜，成为配汤。

还有一说，是把生米放进一个漏斗形的铁锅中，下面滚水蒸之，是见过莫履瑞这样做的老朋友们这么流传出来的。

炊完的饭肥胖，颗粒分明，包着一层鸡油，发出光彩，此饭方能称得上正宗。偶尔在饭中吃到爆得略焦的干葱粒，会更香。

吃时淋上酱油，单单吃白饭，不吃鸡肉，已是天下美味，无他处可觅。

说到酱油，一定要用海南人特制的，又浓又黑，带着焦糖味道。如果看到餐厅供应的酱油是普通的生抽或老抽，那么不用试也知道一定不好吃。

酱油架上还有少不了的一罐辣椒酱和一罐姜蓉，用吃完的花生酱玻璃瓶盛着，瓶的外侧有一个个凹凸的格子，形状有如一个装红酒的木桶。

辣椒酱各家制法均不同，有浓有稀，有些很辣，有些微辣，要在其中加醋和姜蓉则不可不用鸡油拌之，没看到鸡油的姜蓉，也不正宗。

用这三种酱料来点鸡肉。鸡一叫就是半只或一只，斩件上桌，碟底铺有黄瓜片，我有时觉得黄瓜比肉好吃。

鸡肉在什么状况之下是最完美的呢？绝对不能全熟。吃全熟的鸡肉就像吃鞋底，要骨头周围的肉略微呈桃色，鸡的骨髓还是带着血的，才算合格。

鸡不能太肥，也不可太瘦，数十年前的"瑞记"，已学会控制品质，在马来西亚的昔加末地区有一家农场，专养走地鸡，到时候就运到新加坡劏之。

懂得吃海南鸡饭的人，最享受的是那层皮，当今流行所谓的山芭鸡，都太瘦。鸡皮不肥不好吃，皮和肉之间有一层啫喱状的胶汁，最上乘了。当时不知道什么叫胆固醇，环境也没有污染，吃鸡的皮，吸骨中的髓，大乐也。

嫌肉吃不够，可多叫一碟鸡杂，里面有鸡心、鸡肝和鸡肾、鸡肠等，蘸着酱油吃，也是极品。

吃鸡，食出骨头方有滋味，我对目前的去骨鸡饭很不以为然。文华酒店的收入，很大部分靠卖它的鸡饭，鸡肉也是去骨的，游客不懂得这个道理，现代人又怕吃得太肥，以为文华的鸡饭是最出名、最好吃的，也不必和他们争辩。

目前尚存古味的店铺，还有海南二街（Purvis Road）的"逸群"咖啡室，另外有"七层楼"餐厅，其他在新加坡的店，肚子饿时，也许还吃得下吧。

海南鸡饭在中国香港也流行，但有些餐厅只学其样，不学其精神，连酱料也不像样，别说鸡肉和饭了，大刺刺摆出海南鸡饭的名堂，甚不知耻。

至于老店"瑞记"，老板莫履瑞和友人黄科梅先生，以及跑娱乐版的记者黄哥空及家父蔡文玄交情甚笃。莫先生当年已懂得广告之力量，有科梅先生撰文赞之，又有哥空先生常带一群歌星光顾，再在家父所编杂志《南国》长期登广告，结果生意滔滔，"瑞记"成为游客非去不可的景点。

可惜，据说家逢重大变故，莫先生无心再做下去。"瑞记"目前丢空在密驼路，但至今尚未拆除，我路经此地时，常去凭吊、唏嘘一番。

冬天，烫清酒，热腾腾地吃

各地的日本料理开得通街都是，起初什么都卖，刺身、天妇罗、铁板烧、乌冬、拉面，应有尽有。对日本烹调有点认识之后，一看就知道不正宗，日本人做事都很专一，一种料理做得好，已不容易了，哪会什么都好？

渐渐地，各种日本料理已各自分别起来，卖鱼的卖鱼，卖肉的卖肉，一家店中没有烤鳗鱼和锄烧同时出现的。大家都做得很专，比较少涉足的是 Oden[①]，它反而在便利店里有得卖，当然是不好吃的。

Oden 是一种平民化的杂煮，没有汉字，勉强译来，应该是"御田"。从室町时代开始，就有用木签插着豆腐，煮后加上甜味噌的吃法，叫作"田乐"，而"田乐"这个名字是由在种米季节祭神的舞蹈"田乐舞"得来。

做法分东京的和大阪的，前者的汤底用的是鲣鱼、浓酱油、砂糖和味醂，而后者则用昆布取代了鲣鱼。我们不求甚解，凡是这类食物都叫关东煮或关西煮。中国台湾的叫法更独特，称之为"黑轮"，这要用福建话来发音才能明白，"黑"，亦叫"乌"，而"轮"则是"den"，二字接起来，就成了"黑轮"。

最基本的食材有些什么？萝卜少不了，切成一轮轮的大块，这是东部西部共同的。关东煮的特色有"Hanpen"，一种鲛鱼加山芋擂成的鱼饼；"信田卷"，用肉、蔬菜、鱼饼蒸出来再炸的东西；"鱼筋"，是用绞鱼的皮和软骨擂成球状再炸出来的；"Chikuwabu"，有时用汉字写成"竹轮麸"，以小麦粉加盐炸出；"Satuma-Age"，用杂鱼做成长条状的鱼饼炸出。

而关西煮，则以鲸鱼的各个部位为主，"Saezuri"是鲸鱼舌，"鲸筋"照字面意思理解，"Goro"则是鲸鱼皮。"Hirousu"，用红萝卜、牛蒡、银杏和百合的根部为馅，豆腐包之，再炸。"Hiraten"更具代表性，压成长方形扁块，小的叫"角头"，大的叫"大角头"，北海道人做的又大又厚，也叫作"围巾"（Mafura）。

---

① 即现在的"关东煮"。——编者注

一般客人喜爱的还有牛筋，以及被叫作"春雨"的粉丝、卤鸡蛋等，本身一点味道也没有的蒟蒻，用汤煮过后也有人吃上瘾。另有八爪鱼，和萝卜一起煮过，看样子很硬，吃起来才知道非常软熟。

在日本国立国会图书馆中有幅 1858 年的画，从中可见小贩是扛着来叫卖 Oden 的。到了 20 世纪五六十年代，深夜的街道还有档口，在冬天，客人坐下，烫了清酒，叫一两串热腾腾的来吃，味道和回忆，都非常温暖。

当今的 Oden 都搬进店里了，东京最有名的老店"御多幸本店"，从 1923 年开到现在，地下是柜台式设计，二三楼有桌子可坐。店长叫坂野善弘，店里很受欢迎的还有"Tomeshi"，是一碗白饭上加一块炸豆腐，淋上汤汁，只卖 390 日元。

我到东京，吃厌了大鱼大肉后，很喜欢在寒冷的冬夜跑去这家店，每次都满足地捧着肚子散步回酒店。

在东京也能吃到关西煮，"大多福"从 1951 年营业至今，店主为第五代传人舩大工荣，用北海道日高的昆布来熬汤，加上他们称为白酱油的生抽，味道浓淡适中。其他的大阪店多用鲸鱼为食材，当今东京人也有了环保意识，这家人也少用鲸鱼了。

店就开在法善寺内①，门口有个古老的大灯笼，用毛笔写着"大多福"三个字，外卖的话，有个陶瓶给你装着食物和汤，很有怀旧味道。

一般只在晚上营业，从下午五点到十一点，星期天和公众假期照开，时间是中午十二点到两点，晚上六点到十点。

---

① 法善寺在日本大阪。此处疑有误。——编者注

到了大阪，最有名的是"Tako 梅本店"，是日本最老的店，自 1711 年开业至今，当今在市内还有四家分店，要去本店最佳。

当然还有鲸鱼的各个部位可吃，但我劝大家还是免了吧，改吃著名的"八爪鱼甘露煮"好了，一定会留下深刻的印象。

这家店只在晚上营业，星期一到星期五是从五点到十一点半，星期六和星期天是从中午十一点半到下午两点半，全年无休。

去到京都，则有"蛸长"，从 1883 年开业至今，一直以来最受文人墨客欢迎。一走进店，就看到一个巨大的方形铜锅，里面整齐地摆着各种食材，一目了然，指指点点，不懂日本话也没有问题。

附带一句，我们看到碟中的汤，一定会忍不住来一口，但是，日本人是绝对不喝的。加黄色芥末也是特色，有部叫《座头市》的电影，胜新太郎演的盲侠吃 Oden，拼命涂芥末，呛到眼泪都飙出，印象犹深。

方便面万岁，伴我度寒夜

我对计算机没有切身需要，方便面则伴我度过无数个寒冷、寂寞、饥饿的夜晚。20 世纪的最大发明，非它莫属。

第二次世界大战后，占领日本的美军大量地把他们的小麦粉输入日本，日本政府鼓励人民吃面包，但是国民一时难以接受。有个叫安藤百福的人拼命研究，终于做出了方便面，在 20 世纪 60 年代发售。安藤后来成了"日清食品"的老板。

方便面最初在日本的名字是 Instant Ramen。Instant 来自英语，至于 Ramen，则出自中国的"拉面"二字。

洋名字难念，"即食"二字又太轻薄，推广到外国的时候多以商标代之。中国台湾人称之为"生力面"，韩国人叫它"营养面"，中国香港人则不管什么牌子，都叫"公仔面"。

我最初接触到的公仔面是一种叫"明星拉面"的，35 元一包，依当时的低汇率，大概只有四五角钱。一买就是一箱箱的，每箱有 24 包。

明星拉面用玻璃塑料纸包装，四四方方的，里面有一包调味粉和一包竹笋配料，竹笋有两块，硬得很，咬后满口渣。

当年我半工半读，远方朋友一来，薪水一夜间花光，之后只能典当"徕卡"相机，每天揝三餐明星拉面，三三得九，过着一个月 90 顿明星拉面的生活。

原始的明星拉面并不好吃，不太香。煮得太熟即烂掉，而且一定要快点吃，摆了一下，面条就拉得长长的变成糊。最大的享受在于切点葱加料。日本的葱叫"根深葱"，放进冰箱，一个月也不坏，和明星面一样方便。

收到母亲的家书："近来市面上出售一种日本人发明的干面。先用虾米滚汤，准备鸡肉、冬菇、菜心等配料煮之，最后加冬菜和葱花，颇为好吃。肚子饿了，不妨试试……"

读完苦笑，若有此闲情和经济条件，已连吞白饭三大碗。

但是，日后不管生活有多充裕，我对方便面已经有所偏好，百吃不厌。晚上应酬回来煮一碗，早上来不及上茶楼来一碗，中午事忙在办公室吃一碗，照样过着学生时代的清苦生活。

方便面发展下去，变成了全世界的人都爱好的食品。粗略计算，各不同厂家出品的共有近 200 亿包之多，是个天文数字。味道也越来越好，配料种类丰富，在市场上已有卖到一二十元一包的高级品了。

中国台湾人引进了方便面后，做出的最大贡献是生产即食粉丝，统一牌的粉丝加肉丝和冬菜配料，非常精彩。后来更发扬光大，面里有一大包真空包装的牛肉，成为红烧牛肉面。又出了"满汉大餐"系列，配料应有尽有。其他公司也要分一杯羹。"味丹"出的榨菜肉丝面也不错。用闽南语加日语想出的名字，"维力公司"出品了"一度赞"。"一度"，是中国台湾人常用的"一等"，模仿日语发音，和"一番"是同样的意思。"赞"，则是"好吃"的闽南土话。

中国香港的公仔面，面条本身油炸得似乎不够透，并不太香，后来渐渐改进。公仔面中的碗仔面充分展现了香港人的智慧。通常的杯面一冲滚水之后，锡纸盖便被热气焗得弯卷，盖不住杯。公仔面加了一个透明的塑料盖，就克服了这个难题，比其他杯面进步得多了。

现在公仔面这个品牌已卖给了日本人，不能代表中国香港的方便面了。剩下"超力"在继续努力。超力的伊面做得不错，不下滚水，就那么吃也好吃，比薯仔片好味。他们的银丝米粉也有水平。

新加坡的"杨协成""可口"等不太松脆，新加坡人反而不太爱自己的牌子，而是喜爱美国的"美极"。但也是本地做的。

嗜辣的朋友挑选韩国营养面，有又酸又辣的"金渍"①泡菜味，韩国人不吃金渍会死的。泰国出品的冬荫功方便面也是辣得飞起。

做"老本行"的日本方便面中，在中国香港最流行的是"出前一

---

① 即"Kimchi"（泡菜）的音译。——编者注

丁"。"出前"是"外卖"的意思，"一丁"则是日语的"一碗"，所以包装纸上画了一个拿铁盒送外卖的小子的图样。

"出前一丁"也是"日清食品"的产品之一，其厂房则建在日本以外的地方，节省用工成本及运费。最传统的红色包装"出前一丁"在新加坡制造，其他有鸡肉、咖喱等配料的则在中国香港生产。

日清在技术上不断地寻求进步，他们的产品在我心中最好吃、最方便的是"合味道"杯面。配料不用另外包装，直接冲滚水即是，里面有脱水的虾肉、鸡蛋和瘦肉、葱花，接触到水分还原后，竟然保持原味，不得不服。

日清也出扁平盒子的即食捞面，里面有一包蚝油味的粉末，也吃得过。

也许大家不太注意，为何日清的杯面能够熟透，这是因为杯中那团面顶在中间，上面和底部都有空位。这个技巧有专利特权，其他杯面公司想照抄，有的还不懂这个简单道理哩！

还是意大利人有骨气，宁愿饿肚子，吃意粉也不肯吃即食的，故不见有意大利方便面面市。

吃南洋云吞面，听卖面佬的故事

有点像《深夜食堂》里的故事，今天要讲的是南洋云吞面。

小时候，住在一个叫"大世界"的游乐场里面，那里什么都有：戏院、舞台剧、夜总会、商店和无数的小贩摊档。而我最喜欢吃的，就是云吞面了。

面档没有招牌，也不知道老板叫什么名字，大家只是叫小贩摊主为"卖面佬"，他年纪50岁左右。

卖面佬一早起床，到菜市场去采购各种材料，然后回到档口，做起面来。用一根碗口般粗的竹篙，一边用粗布绑着块大石，另一边他自己坐上去，中间的台子上摆着面粉和鸭蛋搓成的面团，就那么压起面来。一边压一边全身跳动，在小孩子的眼里，简直像武侠片中的轻功，百看不厌。

"叔叔，你从哪里来？"我以粤语问他。南洋小孩，都会说很多省份的方言。

"广州呀。"他说。

"广州，比新加坡大吗？热闹吗？"

"大。"他肯定地说，"最热闹的那几条街，晚上灯光照得叫人睁不开眼睛。"

"哇！"

卖面佬继续他的工作，不一会儿，面皮被压得像一张薄纸，几乎是透明的，他把面皮叠了又叠，用刀切成面条，再分成一团团备用。

"为什么从那么大的地方，来到我们这个小地方来？"还是忍不住问了。

"在广州看见一个女人被一帮小流氓欺负，"他说着，举起那根压面的大竹篙，"我用它把那些人赶走了。"

"哇！后来呢？"我追问。

"后来那个女的跟了我，我们跑到乡下去躲避，还是被那帮人的老大追了上来，我一棍子把那老大的头打爆，就逃到南洋来了。"他若无其事地回答。

"来了多久？有没有回去过？"

"哪够钱买船票呢？一来，也来了 30 年了。"

"那个女的呢？"

"还在乡下，我每个月把赚到的钱寄回去。小弟弟，你读书的，帮我写封信给她行不行？"

"当然可以。"我拍着胸口，取出纸笔。

"我一字一字地说，你一字一字地记下来，不要多问。"

"行！"

卖面佬开口了："阿娇，她的名字叫阿娇。"

我一字一字地写，才发现下一句是他说给我听的，即刻删掉。

"昨天遇到一个同乡，他告诉我，你十年前已经和隔壁的小黄好了。"

"啊！"我喊了一声。

"我今天叫人写信给你，是要告诉你，我没有生气。"

"这，这。"我叫了出来，"这怎么可以？"

"你答应不要多问的。"

"是，是。"我点头，"接下来呢？"

"我说过我要照顾你一生一世，我过了南洋，来到这里，也不会娶第二个的。"

我照写了。

"不过，"他说，"我已经不能再寄钱给你了。"

我想问为什么，但没有出声。卖面佬继续说："我上个月去看了医

生，医生说我不会活太久，得了一种病。"

"什么病？"我忍不住问。

"这句话你不必写，我也问过医生，医生说那种病，如果有人问起，就向人家说，一个'病'字，加一个'品'字，下面一个'山'字。"

当年，这种绝症，我们小孩子也不懂，我就没写了。

"希望你能原谅我。但活到最后一口气，我还是会寄钱给你的。"

卖面佬没有流泪，但我已经哭了出来。

南洋云吞面，吃的多数是捞面，汤另外上，因为在南洋大地鱼难觅，就改用鳀鱼干（南洋人叫江鱼仔）来熬汤，另有一番风味。用个小碗装着，里面下了三粒云吞，馅是猪肉，包得很细粒①。

面的碱水下得不多，所以没有那么硬，可能面粉和广东的不同，很有面味，煮熟后捞起放在碟中，碟里已下了一些辣椒酱、醋和猪油，混着面，特别香。面上铺着几片叉烧，所谓叉烧，一般的店只是将瘦的猪肉染红，不烧，切片后外红内白；做得好的店，是用半肥瘦的肉烧出来的，但下的麦芽糖不多，没那么甜。

另外有一点菜心，南洋的天气不打霜，菜心不甜，很老，不好吃，但吃惯了，又有独特的味道。

一直保持着的习惯是下大量的猪油渣，喜欢的人还可以向店里的人要求多放一点儿，这种猪油渣炸得刚刚好，指甲般大，奇香无比。

另外有碟酱油，用的是生抽，酱油碟中还下了青辣椒，切段，不去籽，用滚水略略烫过，就放进玻璃瓶中，下白醋和糖去浸，浸的功夫很

---

① "很细粒"有"很小个"的意思。——编者注

要紧，太甜或太酸都是失败的。有了这些糖醋青椒配着云吞面吃，特别刺激，和广州或中国香港的云吞面完全不同，只在新加坡和马来西亚吃得到。云吞面虽名字相同，但已是另一种小吃了。

香料和防腐剂的进化之旅

一说到咖喱，就容易联想起印度，但是你去了印度，或到世界上任何一家印度餐厅，都没有"咖喱"（Curry）这道菜，他们分成奶油浸肉（Korma）、咖喱番茄炖肉（Rogan Josh）、土豆菜花（Aloo Gobi）等，把各种香料舂碎了，加油慢慢煎出香味，再把鱼、肉或蔬菜加进去，煮至熟为止。

但一定要研究咖喱这个名字的来源，那么也只有追溯至南印度了，那里有种用香料做的酱汁，叫作 Kari，这是帕米尔语，一切可以下饭的酱，都以此称之。

而 Curry 这个词是英国人所创的，葡萄牙人则称之为 Karil，写在他们 17 世纪的菜谱中，英国人的文字记载早过他们，在 1598 年已有。

我去了印度，一直追问他们：为什么会发明咖喱，咖喱的出处在哪里？也没有一个美食家或学者回答得出，直到在巴士上，遇到一个小子，吃着像咖喱饭的午餐，他回答："咖喱是防腐剂呀。"

我才恍然大悟！当然，印度百姓日出而作，日落而息，在那种炎热的天气之下，没有冰箱，家庭主妇做的菜，一定会变坏，只有咖喱，才能保留到晚上。

我小时候在新加坡的菜市场，也看到印度妇女在卖咖喱，并非当今的玻璃瓶装咖喱粉，或者一包包即食的咖喱酱，小摊子卖的是咖喱的原形。

用一个大石臼，不是凹进去的那种，而是一块长方形平坦的花岗石，另有一条大石棍，两头尖，中间粗，小贩把香料放在石板上，双手用力推着那条石棍，反复地一面将香料磨碎，一面放些煮熟了的豆子进去，再加水，这么一来，就可以制造出香料膏来。

有哪几种呢？芫荽、孜然、芥菜籽、胡卢巴、罗望子、肉桂、丁香、小豆蔻和青红辣椒，这些是基本，所有的咖喱都由这几种香料变化而成。

色彩缤纷，极是好看，有客人要了，小贩就拿一块铁板，在原料膏中刮一些给你，价钱极为便宜，又是现磨出来的，可以闻到香味。

回到家里，下油锅，加切碎的洋葱，把咖喱膏爆香，然后便加食材，炒至半熟，再转个大锅加水，慢慢地煮熟，咖喱即成。咖喱番茄炖肉加了大量的奶酪，奶油浸肉加腰果酱，土豆菜花用了西红柿酱，后来英国人还加烈酒去煮呢。在英国，咖喱已成为他们的"国食"。

咖喱这种饮食文化传到了印度尼西亚，再从印度尼西亚来到马来西亚，中间的变化是不太用奶酪，而那边的椰树丰富，就加了浓厚的椰浆进去，所以这一派的咖喱非常香浓，又加大量辣椒，刺激得很。

传到了泰国之后，演变为青咖喱和红咖喱，前者煮鸡肉，加了青辣椒、香茅、大蒜、黄姜、柠檬叶、芫荽籽、茴香和罗望子。除了鸡，还下小茄子，是泰国特色。这种小茄子只有指甲般大，但茄味十足，而红咖喱主要用来煮海鲜，多加了西红柿和虾米酱，其他香料大致相同，小茄子也不可缺少。

早期在中国香港吃到的都是巴基斯坦咖喱，由巴籍厨子传过来，他们的咖喱是不放椰浆的，只是拿现成的咖喱粉（装在玻璃瓶子里的那种，老香料店还有的出售），炒大量的洋葱，再加水把洋葱煮烂为止，所以咖喱汁有特别的甜味。到现在，如果经过巴基斯坦式的咖喱专门店，一定能看到门口堆积着一大袋一大袋的洋葱。

南洋人煮咖喱鱼头时，也加了秋葵，这种被称为"淑女手指"的蔬菜，煮烂后黏性很强，好吃的是它的种子，一粒粒喂满了咖喱汁，细嚼后在嘴里爆炸，非常美味。

在发明拉面的 20 世纪 60 年代，日本人也染上了吃咖喱的风气，拉面最初叫中华拉面，而咖喱则叫爪哇咖喱。刚开始的日本咖喱一点都不好吃，一味是甜，咖喱粉下得极少，日本人又不会吃辣，以糖代之，故愈来愈甜，极为难吃，有爪哇名而无爪哇味。

但他们有精益求精的精神，而且海外旅行者渐多，吃辣的口味便养成了，当今超市卖的咖喱酱包中有种叫 Lee 的牌子，最初有"辛味 × 2"（他们的语言中没有"辣"字，以"辛"代之），那是辣味变双倍的意思，后来又"× 5""× 10"，现在有"× 50"的产品出现了。

韩国人对咖喱还是难以接受，虽然他们也爱吃辣，但在首尔不见有什么咖喱饭店，不过近年出国者也多了，试完即刻爱上咖喱。我的徒弟阿里巴巴也非常喜欢，我到了日本就买 Lee 牌"× 50"的给他，收到后他自己还要再加辣，才说过瘾。

咖喱的确是个好东西，我在旅行时，如果患了感冒，一点胃口也没有，但不吃饭没有抵抗力，这时只有在酒店叫咖喱饭，才勉强吃得下，体力恢复后又是一条好汉。

我一直主张，飞机餐应该有咖喱饭。在空中什么都不想吃，见到咖喱才可以吞几口。从前有家日本航空公司的老总是我朋友，请我设计飞机餐，我即刻加了咖喱，结果不出我所料，大受欢迎，可惜公司后来被全日空收购了去，在飞机上再也吃不到咖喱了。

试试去爱上芝士吧，拥有美好的味觉旅程

我常和讨厌芝士的朋友说："试试去爱上芝士吧，这是一个广阔的世界，打开它，可以有个美好的味觉旅程。"

小时候，我也不能一下子就接受芝士，爸爸拿了一片"卡夫芝士"（Kraft Cheese），蘸了一点白糖给我吃，又觉得味道还是可以的。

长大后到处旅行，见到芝士就吃，慢慢就爱上了，逛各地的食物店，总在芝士摊子流连，这里试一片，那里试一口，尽量了解芝士的味道和名称。

西餐饭后有甜品和芝士的选择，我还是钟情于后者。家里的冰箱有不断的芝士补充，三更半夜肚子饿起来，拿一块来充饥，好过方便面。面对着再怎么丰富的飞机餐也没有胃口，但当空姐将餐盘递过来时，还是受不了芝士的诱惑。

一般比较容易吃进口的芝士，还是英国的切达（Cheddar）吧。英国人的食物要到近些年才开始发生变化，在我年轻时，只爱他们的芝

（编者注：图中左侧的"Stinking Bishop"即《试试去爱上芝士吧，拥有美好的味觉旅程》一文中提到的"臭教士"芝士。）

士，但切达芝士没有受到法律保护，乱做的居多，极品只有这几个牌子：Keen's、Montgomery's、Lincolnshire Poacher、Reade's、Westcombe's，除了这五种，就别买了。这些坚硬的芝士有浓厚的水果和果仁香味，第一次吃到，总会留下深刻的印象。

渐渐地，口味转浓，这时最适合吃的是意大利的庞马山（Parmesan）。它在意大利语中的正名是 Parmigiano-Reggiano，和著名的庞马火腿来自同一生产区，一共有七八百家人制作，水平被严谨的 D.O.C. 规格控制，没有太大的好坏之分。大如两个重叠的汽车轮胎，外面印着 Giovane（未成熟型）、Vecchio（老化型）、Stravecchio（成熟型）和最老的 Stravecchione（特别成熟型）。当然是愈老味道愈香醇。

在法国阿尔卑斯山区，博福尔（Beaufort）的味道比意大利的庞马山更为纤细，有12家人生产，同样受到法国的规格控制，叫作 A.O.C. 标准。类似的硬芝士还有瑞士产的格鲁耶尔（Gruyere），开始有独特的臭味，盐分也加多了。当然也不能忘记意大利皮埃蒙特的布拉（Bra）。

试过了上述的硬牛奶芝士之后，就会对软的、味道更浓烈的产品产生兴趣，这时是吃卡芒贝尔（Camembert）的阶段了。

一听到这个名字，以为都是法国产的，但世界各地都有它的仿制品，最正宗的应该产自诺曼底，有 Ferme de la Héronnière、Château de la Tremblaye、Fromagerie de la Perelle 等数家，这类芝士都要吃新鲜制造的。

接着一跳，就能跳到蓝芝士的层次了。

蓝，是指在制造芝士的过程中，加了霉菌，令产品发酵后有蓝绿色的大理石般的纹理，味道也是牛奶芝士中最咸、最强烈的，有代表性的当然是英国的斯提尔顿（Stilton），英国人也骄傲地称之为"英国的芝士王"或"蓝芝士皇帝"，但同类产品有西班牙的卡伯瑞勒斯（Cabrales）、法国的罗克福（Roquefort）和意大利的戈贡佐拉（Gorgonzola），都各自称王。

买斯提尔顿，认定 Colston-Bassett、Nottinghamshire 和 Cropwell-Bishop 就好了。

吃完了牛奶芝士，要进入芝士的另一分支，那就是山羊和绵羊的芝士了，那股臊气不是人人都能接受得了的，它是一种味觉的升华，爱上了，就不能回头。

最好的羊奶芝士有英国的 Berkswell、Harbourne Blue 和 Spenwood。法国的 Abbaye de Belloc、Bonde de Gatine、Pérail、La Taupinière、Tetoun de Santa Agata 和科西嘉的 Fiumorbu Brebis。意大利托斯卡纳的 Pecorino Toscano 和皮埃蒙特区的 Caprino Noccetto。

西班牙的 Idores、Zamorano 都不错，还有加纳利群岛的 Majorero。我个人的爱好，是一种鼓形的，外层硬、中间的液体快流出来的那种，在顶上打开"盖"之后，用茶匙舀来吃，叫 Torta del Casar，价钱相当贵。和它一样的葡萄牙的 Serra da Estrela、Queijo，也非常美味。

世界上最臭的芝士也不一定是羊奶的，意大利的塔雷吉欧（Taleggio）是初级，名牌有 Appennino、Luigi Guffanti 和 Caravaggio。

名叫"臭教士"的 Stinking Bishop 干脆以臭为名，但事实上并不是臭得那么厉害。

埃普瓦斯（Epoisses）臭得很可口，是拿破仑的至爱，产自勃艮第附近的第戎（Dijon）。要买的话买 Berthaut 和 Germain。

芒斯特（Muenster）和埃普瓦斯同级数，可以说是又臭又香，名字是从"修道院"（monastery）一词而来，最好的牌子是 La Fleur Vosgiene。

说到最奇怪、最恶心的芝士，还是意大利萨丁尼亚岛上的卡苏马苏

（Casu Marzu），用做庞马山芝士的方法，里面加了苍蝇的蛆虫，等它长大后活生生地和芝士一起吃，味道咸中带酸，有人说可以留在口中三天不散，其实是心理作用，真的不怎么好吃。

最后谈回一开始提到的卡夫芝士，一片片切好的包装在 1949 年推出，有个宣传名句，说吃一片四分之三盎司 [①] 的芝士，相当于喝五盎司的牛奶，这句宣传语直到 1992 年才被食品安全局叫停。

看卡夫芝士的原料，包括乳清、蛋白质、脂肪、柠檬酸钠、磷化钙、乳清蛋白、乳酸、盐、二烯酸防腐剂、凝化剂，用来染色的杏仁和辣椒精、酵素、维生素 D_3 等。而真正的牛奶，不过占两巴仙罢了。哈哈！

和拼死吃河豚的苏东坡交朋友

吃日本刺身的习惯，已经是中国香港人生活中的一部分了，价廉的回转寿司铺，开得通街皆是。年轻人，都逐渐养成了吃生鱼的习惯，当今不敢试刺身的，少之又少。

对制作水平的要求，逐步地提高，从便宜的，吃到贵的。当然是食材新鲜的更好，像走入高级日本料理店，吃当天由筑地等鱼市场空运而

---

① 　1 盎司 = 28.350 克。——编者注

来的鱼虾和贝类。等到一个人连海产的名字，都能用日语来点时，盼望吃到的刺身，就是最高层次的河豚了。

河豚有剧毒，在日本需要有学习十年以上证书的师傅才能屠宰，这种人才当今在日本本土已稀少，更不会出国去创业，故海外甚少河豚专门店。

到了日本，也少人够胆去光顾，河豚是出名的昂贵，在东京一餐吃下来，一人份六万日元左右，当然也有便宜一点的铺子，没有当地老饕介绍是找不到的。

终于吃到了河豚刺身，我的第一个反应是：肉硬得很。第二个反应是：没有想象中那么好吃。第三个反应是：一点也不像传说中那么鲜甜嘛。

原来河豚是不值得吃的，许多人都那么试过一次，就放弃了。

世界上共有一二百种河豚，日本有四五十种，分为真河豚、潮际河豚、彼岸河豚、梨河豚、赤目河豚、鲭河豚和最下等的加奈河豚几大类。

学习吃河豚，应该从最高级的虎河豚（Tora Fugu）开始。它分布于日本濑户内海、本州岛中部和中国南海等海域，最容易认出的是它背部黑腹部白，全身斑点的中央，有个像日食的圆形巨斑。

虎河豚极为稀少，人们常以乌河豚（Karasu Fugu）代之。乌河豚多由韩国进口，样子像虎河豚，身上也有一个日食大斑，但其他部分就没有纹斑了。

当今，当然有养殖的虎河豚，但味道比野生的逊色得多。如何分辨？不是一般人能够分辨得出的。但有一点可以确定，日本人做生意还是讲信用的，愈贵的愈可靠，看到便宜的虎河豚，都是养殖的。

好了，就算是野生河豚，第一次吃刺身，还是会有上述三种反应。河豚肉在东京店里切得极薄，铺在有蓝色花纹的碟上，仍能看见碟底。关东的大阪人吃，则要求切厚身，滋味其实一样，但却要细嚼，细嚼之下，甜味就产生了。也应该有种"咦？怎么那么鲜甜"的感觉。

第二次吃，那种感觉更强烈，到了第三次，你已经上瘾了，明白了河豚是天下最好吃的鱼的道理。这时，假如时光倒流，你已经和拼死吃河豚的苏东坡，交上了朋友。

另一条引导你爱上它的路途，就是吃河豚火锅了，最高级的餐厅用松茸、茼蒿和豆腐打底，汤滚了，下一大块一大块的河豚肉兼骨，煮熟后吃，就算是第一次吃，也即刻能吃出甜味和清香来。河豚肉中的脂肪极少，虽淡薄，但煮熟了甜味极重，更奇怪的是，它是唯一放冷后还全无腥味的鱼。

煮过的汤，放入白饭滚一滚，再打鸡蛋进去，便能煲出一锅粥来，清甜无比，你吃得再饱，也能连吞三碗。

这时你是小学毕业了。开始试河豚全餐：前菜有腌制的河豚肉、河豚干和河豚皮冻三种。接着是刺身，刺身碟边有一堆河豚皮，先略略灼热后切丝而成。再用个小炭炉烤河豚，通常吃腹部最肥美的肉，而炸河豚吃头颅和其他带骨的部分，接下来是河豚面豉汤和最后的河豚火锅及粥。

喝的酒，是把河豚的鱼翅晒干，再烤一烤，浸入温得极热的酒杯中，上盖，饮前点火柴，把盖子打开，忽地一声点着了火，烧掉一部分的酒精，再喝之，最初感到有点腥味，久之不觉。这时，你中学毕业了。

大学课程中，要欣赏的是河豚的精子，日本人称之为白子，它在中国早有"西施乳"的称呼，比奶酪、猪脑等的口感胜出万倍，味道更是无双的。白子可以炸来吃，但烧烤后点些面酱则是完美的烹调方式。生吃，当然最佳。能够吃出味道来，你大学就毕业了。这时，你也可以用白子代替鱼翅投入热酒中，此酒更是世上绝品。

河豚不止长在海里，也能游入江川，成淡水鱼。中国就有淡水河豚，河豚这个名字，是由中国传到日本的，可见很多吃法，都只是日本保留下来的罢了。至于豚，是味美如猪肉的意思，古时候，有猪肉吃，已很难得。

这个阶段，你已经是大学教授了。

海胆之旅："放开吃"的痛快

每次为了吃出门，要是有一个鲜明的主题，就特别过瘾。

像这次去北海道，就是专为吃海胆去的，在餐厅享用这种食材，其实也是可以的，我们20多年前去拍特辑时，到了小樽的"政寿司"，老板拿出来的海胆，实在甜美，我就叫他拿了一碗不熟的白饭，再把一整木盒的海胆铺在上面，吃了一个饱，后来才出现"海胆丼"（Unidon）这一道菜。

但即使是"海胆丼"的海胆量，也比不上"放开吃"的痛快，这回我们的主题，就是"海胆放题"。

找到北海道盛产海胆的"积丹半岛"（Shakotan），老板浦口宏之一身黝黑的皮肤，露出白齿相迎，他说："我是这里抓海胆的名人。"

我问："是潜水去捕捞的吗？"

他摇头："从前是的，现在是用潜水眼镜从船上望下去，再用长竿来抓。"

"今天吃什么海胆？"

"紫海胆（Murasaki Uni）。"他回答。

"马粪海胆（Bafun Uni）呢？"我又问。

"已经吃得快要绝种了，不过还是为你们准备了一些。"

海胆种类多，加拿大的又肥又大，但一点味道也没有。

在美丽的海边，可以看到火山岩组成的小岛，像一条西洋人眼中的龙，如果想散步过去，也有一座桥，但我们的目的是吃东西，所以先解决吃的问题。

海边放了长桌椅让我们坐下，接着就有一碟碟的海胆捧上来，大量供应的是紫海胆，所谓紫，其实是漆黑，海胆长着长长的刺，还在蠕动。

怎么剥呢？先给我们一只手套，钢丝做的，戴上之后，就可以伸手去抓海胆了，把海胆翻过来，看到中间的口，所谓的口，就是一个小孔。浦口示范，用一根特制的工具，一下子插进海胆口中，这个工具像一把钳子，一边是尖刀，另一边是像剪刀一样的东西，插进去后，把钳子一抓，就把海胆的壳打开了，非常方便，又不会被海胆刺扎到手。友人傅小姐自己常在加拿大潜水抓海胆，看见有那么方便的工具，即刻向浦口要了几把，他说本来是不卖的，看在我的面子上，就赠送好了。

打开的海胆，有五个腔，浦口叫它们为"房子"："海胆肉就藏在这五间房子里面，先用刀从底部劙开一圈儿，就能很容易地把海胆肉取出来了。"

我照他的办法做了，果然很容易做到。他说："现在就到有困难的地方了，你们看，包在黄颜色的海胆周围的，是一层黑色的东西，那是海胆的内脏，不可以吃，要除掉。"

这可真的不容易，拿着浦口供应的钳子，再仔细地把内脏除去，也要花老半天的时间，接着他说："海胆拿出来后放在碟子上，我会叫伙计把海水拿来。"

原来这海水也是经过处理的，氧分特别高，要用它来冲海胆。浦口又问："你们还看不看得到海胆中间那一点点黑色的东西？那是海胆吃剩的海带。海胆只吃海带，所以十分干净，那一点点黑色的东西吃下肚也没有问题，但是用海水一冲，就可以完全清除了。"

果然见效，我们把海胆一片片地放在小碗中，有些朋友迫不及待地吞进口，叫了出来："真甜！"

接着，浦口拿出一个个圆形的、身上没有尖刺的海胆来，说："这就是马粪海胆了，名字不好听，但这是海胆中的极品，已经愈来愈少了。"

我们依样画葫芦，把马粪海胆一个个打开，看到一团白色的、像骨头一样的东西，浦口说："那是海胆的嘴，很尖，任何海带被它一扯就能扯下来，然后它会慢慢咬烂。"

马粪海胆的颜色比紫海胆更黄，可以说带点橘黄色，两者的味道一比，当然能比出它的鲜甜，一般在没有比较的情况下，有紫海胆吃，就已经很满足了，但是一切东西，就是怕比较。

我们拿着一碗碗剥好的海胆走到浦口开的餐厅去，桌子上已经摆着烤好的各种海鲜和刺身了，有甜虾、牡丹虾、金枪鱼腩、响螺片、北极贝等，更有吃不完的烧烤，鱿鱼、远东多线鱼（Hokke）、蝾螺、带子等，怎么吃也吃不完，加上一大碗上面铺满马粪海胆的饭，最后把自己剥的那一碗海胆再添上去，淋上酱油，就那么吃。

　　最初太贪心，拼命剥、拼命吃的朋友们，这时已将剥好的一部分分给了身旁的友人，友人又推给其他同伴，大家都说："早知道就不吃那么多饭了。"

　　但是有了海胆，不用饭来配，又觉得没那么美味。人生真矛盾，吃呀吃，也要全部吃精光。我们这一代还是幸福的，可能再过三四十年，全球已无海胆，要吃就快点去吃吧！

　　从积丹半岛可以去附近的富良野看花田，我们就不去了，这是个噱头，只有一小片罢了，要看花，去荷兰看，那才是真正的花田！

从便宜食材到精致料理

（上）

　　看美国有线电视新闻网（Cable News Network，CNN）的美食节目，介绍东京的鳗鱼店"爹"，将鳗鱼升华为精致的高级料理，获得了米其林星，生意滔滔，当今要订位也难。

　　马上想飞去试试大厨村田爹的手艺有多高。从前难以登上大雅之堂的食材，当今变成了宝，外国人也开始欣赏了。我一直说，日本料理之中，鳗鱼最不受重视，但今后会发扬光大，果然不出我所料。

　　中国香港的鳗鱼料理起步得较慢的原因是烧烤起来费时，而内地各大城市中的鳗鱼店逐渐多了起来，我相信将会掀起一阵热潮。他们用的都是福建产的鳗鱼，已加工为半成品，到店里烤一烤，淋上甜酱汁即成。

洋人会吃鳗鱼吗？当然会，在贫苦的日子里，什么食材最便宜就吃什么，鳗鱼是其中之一，早年泰晤士河里都是，抓都抓不完，鳗鱼冻（Jellied Eels）可谓英国穷人的"恩物"，小说中描写英国下层社会时，常常会出现。

当今河水污染，鳗鱼渐少，它也变成一种昂贵的食材了，如果想知道鳗鱼冻到底是怎么一回事，在伦敦河边还有一家仅存的老店叫 M. Manze，可以一尝。

上桌一看，是用一个钵，里面装了好几块切成一大段一大段的鳗鱼，它的汁呈透明色，已成啫喱状。狄更斯的小说看得多了，最初我一到伦敦，就找鳗鱼冻来吃。奇怪，并没有想象中的腥气，慢嚼其肉，吸食骨头边的汁，发现味道甚佳，而且非常之肥美，比炸鱼薯条好吃得多。

即刻追问做法，很简单：一条长鳗鱼，洗净。斩段、滚水中余，取出，加洋葱、胡萝卜、醋、胡椒、月桂叶、豆蔻、西芹和柠檬汁，加水，水开，转小火，慢煮 20 分钟。取出鳗鱼块，置于一个浅碟中，把汁倒入，漫过鳗鱼为止，放入冰箱，过夜，即成。

至于其他欧洲国家就没英国那么穷、那么保守，烟熏鳗鱼是北欧的主食之一，而当今大家旅行，去到罗斯的百货公司食品部，一定可以买到一大条一大条的鳗鱼，用蜡纸包了，拿回酒店，肚子饿时配面包吃，又肥又香，真是好东西。

西班牙人就更会吃了，他们不但吃大条的鳗鱼，还吃其幼鱼，叫作鳗鱼苗（Angulas），我住在西班牙时卖得很便宜。在一个陶钵下橄榄油和大蒜，烧滚了油，就把一大撮活生生的鳗鱼苗放进去，即刻用木盖子盖住，防止热油四溅。过一阵子，就可开盖，鳗鱼苗已熟，但还烫，要用木匙舀来吃，用铁匙的话也会烫舌，极为美味。当今它也越来越贵，一小撮也要卖 100 美元了。

还是东方人的饮食文化较为发达，中国人吃鳗鱼早已千变万化了，蟠龙鳝是把鳗鱼斩块，但肉和皮连着，弯曲起来放在深碟子中，下豆豉、蒜蓉去炆熟，样子和味道均极佳。

但为什么叫鳝，不是鳗吗？鳝和鳗怎么分别，是不是大的叫鳗，小的叫鳝？ ① 也不是，分不开的，依着习惯叫就是了。比如，一种巨大无比的鳗鱼，就被叫作花锦鳝。

从前也是难得吃到的，"镛记"有卖花锦鳝的传统，一向从广东地区运来，后来吃光了，就从缅甸和东南亚其他小国进口，很大条，有双手作环状那么粗，两到三米长。当今能够抓到，亦属奇迹。粤语中的"认头"，就是从吃花锦鳝来的，那么大的一条鱼，何时劏？要等有人愿意付钱，买下头部，其他部位再斩成一大圈一大圈的，出售给别人。

较为细小的黄鳝，肥起来脂肪亦多。在台山，至今还能吃到黄鳝饭，是把多尾黄鳝劏后，将其血与米混合，用大陶钵再炆成一锅锅香喷喷的饭来。

最普通的枸杞煮鳗鱼汤，家母最喜欢用这道菜来下酒了，内人学着去街市买了一尾肥大的鳝鱼回来，用盐洗干净，加枸杞煮成一锅汤让老人家享用。如果想吃这道菜，还可以到九龙城的"创发"去，那里有一

---

① 鳗鱼是鳗鲡目鱼类的统称，鳝鱼是合鳃鱼科，两种鱼外形极为相似，烹饪手法也有诸多相似之处，因而常被混为一谈。——编者注

盅盅已经做好的半成品，下单后店里把它蒸熟了就能上桌。

广东人把海里的鳗鱼叫作油追，肉较硬，斩件后用烧肉一起炆，也是一道美味的菜。

日本人则分得较清楚，寿司店里是不卖鳝或鳗的，如果看到有卖的，那是海鳗，不叫 Unagi，而叫 Anago，肉质柔软，没有河鳗那么有咬头，也没那么肥美。

但如今吃到的都是养殖的，在日本要千辛万苦才能吃到一尾野生鳗鱼，懂得味道的人当然分得出，一般人没有得比较，也就算了。

如果坚持要吃野生鳗鱼，可以去韩国。在韩国各大乡郊还能找到鳗鱼店，他们的吃法是在火上烤，异常甜美，到了韩国千万别错失这种美味。

（下）

日本料理大行其道，在全世界都有，各种各样的店铺林立，最受欢迎的应该是寿司，接下来就是拉面，天妇罗也有很多人吃，怀石料理较为麻烦，所以少有人经营。最不受重视的大概是日本斋菜，被称作"精进料理"，其实当今吃素的人多，开家日本斋菜馆是一门不错的生意。

我去日本，除了牛肉，最爱光顾鳗鱼专门店，在外地开的，没有在当地吃到的更好。起初是不会欣赏的，因为我吃不惯带甜味的菜式，而蒲烧的鳗鱼，依靠很甜的酱汁，而且鳗鱼肉带着小刺，吃惯了连细骨都能咽下，但刚刚接触时，是很难接受的。

蒲烧鳗鱼非常肥美甘甜，会吃上瘾，很难罢休，现在已经有愈来愈多人欣赏了。为什么鳗鱼专门店在外国难以经营，鳗鱼饭只能被当成日本料理的一部分呢？

原因很简单，真正的鳗鱼饭，制作过程繁复，先要劏开鳗鱼，去掉中间那条硬骨，再拔去肉中细骨，然后把肉蒸熟，再拿到炭上烤，一面烤一面淋上甜酱汁。一客鳗鱼饭，从下单到上桌，至少需要半个小时，中午繁忙时客人到店，要等多久才能吃到？

日本菜中技巧最难掌握的是天妇罗，表面那层皮得薄如蝉翼，浸在汁中即化。要炸多久，用什么温度，全靠师傅多年累积下来的经验，劣质的天妇罗一吃即腻，皮厚得不得了，吃下去我会感到胸闷的。

蒲烧的鳗鱼则不同，只要有耐性，在家中也能做得好。从前在邵氏有位当日本翻译的陈先生，做得一手好鳗鱼饭，不逊于日本鳗鱼店的老师傅。

当今最难的，是找不到野生的鳗鱼，日本全国的鳗鱼店，绝大部分用的都是人工养殖的鳗鱼，剩下的少数，得去各地找。东京的"野田岩"是其中之一，此店已有 200 余年历史，早在 20 世纪，七八十年前就已经在巴黎开了分店，在那个年代，法国人已学会了欣赏美味。

其他的店有"石桥""色川"和"尾花"等，"竹叶亭"是我在日本生活时经常光顾的，因为我的办公室就在京桥。京桥地铁站前面就有一家它的分店，去熟了店员招呼得甚佳，邵逸夫前妻生前也喜爱吃鳗鱼饭，我来了东京必和她去光顾京桥的"竹叶亭"。前些日子乘车经过，这家好像已经歇业了，当今最多人去的还是他们在银座大街上的那家，但因不接受订座，店门口不断地排起长龙。各位还是去他们的本店好了，在古老的建筑物中吃鳗鱼饭，有种特别的感受，而且这家店可以订座。

除了这些名店，我到日本乡间各地旅行时，也会不停地去找当地的鳗鱼专门店。很奇怪的是，各地均有一两家店屹立不倒，而其他料理店一间间关门。鳗鱼店老板只要用心做，总是可以做下去的，并且一定有一群喜爱吃鳗鱼饭的客人，忠心耿耿地跟随。

到这些小店去，和老板们一谈起鳗鱼，绝对有说不完的话题，熟络之后，他们会拿出一些独家的佳肴给我吃，像鳗鱼内脏做的种种渍物，每家都不同。

蒲烧之外，当然还有白烧的做法，这是不加酱汁的，只要鳗鱼够肥大，怎么做都好吃。最普通的吃法，是把鳗鱼烧了，铺在饭上，盛饭的有长方形的漆盒，也有圆形的，如果叫"鳗重"，那就是一层饭打底，加一层鳗鱼在中间，再铺一层饭，最后再铺一层鳗鱼。

吃时撒上的山椒粉，就是我们所谓的花椒粉，我最初吃不惯，还觉得有种肥皂的味道呢，喜欢上之后就不停地、大量地撒。

另外，最有味道的是那碗汤，里面有条鳗鱼的肠子，吃起来苦苦的，但也会吃上瘾。有些鳗鱼店还有烤鳗鱼肠可以另叫，每碟有两三串，喜欢的人能吃完一碟又一碟。有些还连着鳗鱼的肝，日本人称作Kimo，更肥、更美味。

当今到鳗鱼店，有些汤中已见不到鳗鱼肠了，那是因为店中所有的鳗鱼都由外国进口，进口的鳗鱼容易腐烂，肠就先被丢弃了。

要是想吃原味的鳗鱼，可以到韩国去，那里还有很多野生的，又肥又大，他们通常是把鱼架起来，放在炭上烧，像吃烤牛肉一样。如果要吃日本式的蒲烧，在韩国也能找到一些专门店供应。

野生鳗鱼始终和养殖的不同，初试的人分辨不出来，吃久了便知有天壤之别。每次提到野生鳗鱼，我都想起在外国的公园散步时，见到湖中的鳗鱼多不胜数，洋人不会做也不敢去碰，那是多么可惜的事。我去澳大利亚，会请餐厅主人派人去抓，他们一定有他们的办法。蒲烧他们是不会做的，但鳗鱼拿来红烧，也是一大享受。

养殖的鳗鱼蒲烧起来，懂得吃的人会吃出一股泥土味道，这味道来自皮下的那层脂肪。将它去掉，加上酱汁，只吃鳗鱼的肥肉，是可以接受的。友人高木崇行在新加坡经营日本料理，他说用进口的已经烤好的鳗鱼，把皮去掉，重新淋酱汁再烤，然后铺在饭上，可以吃到与日本鳗鱼店相差不了多少的味道，今后我会用他的方法自行研究，看看是否能够做得出来。

烹鱼十二味，百吃不厌

日本人开始大量吃肉，不过是最近这两三百年的事，之前他们基本只吃海产品，对吃鱼比较考究，是理所当然的事。他们吃鱼的方法，分为：一、切。二、烧。三、炙。四、炸。五、蒸。六、炊。七、锅。八、渍。九、缔。十、炒。十一、干。十二、熏。做法并不算很多。

先来说第一种方法，切。其他地方的人学做日本刺身，以为没有什么了不起的，切成鱼片，有谁不会？但其中也是有些功夫在的，像切一块金枪鱼时，他们要先切成一块像砖头一样的长方体，整整齐齐的，再片成小块，边边角角的都不要。一般的寿司店会把边角的肉剁碎来包成"蛋卷饭团"，而一流的食肆会把鱼切成整齐的方块后再切成长条来包紫菜，其他部分丢掉。

第二种方法叫烧，也就是烤，这种方法虽然最原始，但也很讲究。烤一尾秋刀鱼，先把鱼劏了，洗得干干净净，再用粗盐揉之，大师傅只用粗盐，切忌用精制的细盐。用加工过的细盐，就少了天然的海水味。揉后用保鲜膜包好，放在冰箱中过夜，取出后用日本清酒刷之，就能烤了，先用猛火，烤四分钟后转弱火再烤六分钟，完成。

第三种方法叫炙，从前是用猛火烤，当今都用喷火枪代之，这种喷火枪在餐具店中很容易找到。为什么要炙呢？用在什么鱼身上呢？多数是鲣鱼。因为鲣鱼特别易长寄生虫，尤其是它的腹中，所以一定要用猛火来杀菌。操作步骤是洗净后撒盐，在常温之下放置 10 分钟，再冲水，然后用喷火枪炙烧鱼肉的表面，烧好后放进冰箱，20 分钟后拿出来切片，这时的鱼外熟内生，这种吃法叫作半烤（Tataki）。

第四种叫炸，所谓炸，只是为了把食材由生变熟，温度要把握得恰好，不能炸得太久，所以只能用较小的鱼，而且是白色肉的、味较淡的鱼，油炸之前裹了面粉，吃时蘸天妇罗特有的酱汁，酱汁用鱼骨熬成。

第五种叫蒸，但日本人所谓的蒸只是煮鱼煮蛋时盖上盖而已，并非广东式的清蒸。

第六种叫炊，也就是用砂锅制作的意思，多数是指在米饭上放一整尾的鱼，除了鲍鱼或八爪鱼之外，多数用鲷鱼。把白米洗净，浸水 30 分钟，水开后，转弱火炊 7 分钟，再焖 15 分钟。焖时水分已干，就可以把整尾抹上了盐的鲷鱼铺在上面，用一大把新鲜的花椒撒在上面，开大火，再焖 5 分钟，一锅又香又简单的鲷鱼饭就大功告成。当然，如果用我们的黄脚立，一定是更甜更香的，这种鱼脂肪多。

第七种叫锅，类似于我们的海鲜火锅。日本人并不是把海鲜一样样放进去涮，而是把所有的食材一大锅地煮熟来吃，叫作"寄世锅"，汤底用木鱼熬出，锅中除了鱼，也会放生蚝和其他海产品，当然也可加蔬菜和豆腐。

第八种渍和第九种缔有些相似。著名的"西京渍"，是用味道较淡的鱼，加酒粕、味噌和甘酒来渍，放入冰箱 3 小时，取出，用纸巾擦干净，装进一个食物袋中揉搓，最后放在炭上烤。至于"缔"，则是把鱼放在一大片昆布上，再铺一片昆布，让昆布的味道渗进鱼肉中，再切片吃刺身。

这个"缔"字，与把活鱼的颈后神经切断，再放血的"缔"又不同，日本人认为活鱼经过这个过程处理后会更好吃，不过我认为这有点多此一举，吃刺身时也许会有分别，但做起菜来就免了吧。

第十种叫炒，但日本人不讲究所谓的"镬气"，他们的炒鱼是指把鱼做成鱼松，多数是将鲑鱼和鳕鱼蒸熟了，去皮去骨，浸在水中揉碎，用纸巾吸干水分，再放进锅中加酱油炒之，炒到成鱼松为止。

第十一种叫干，就是我们所谓的晒咸鱼了，一般放大量的盐，长时间晒干即成。也有放在阴天或室内通风的地方，隔夜熟成的方法，叫"一夜干"。

第十二种叫熏，是近些年的做法，日本人从前只制干鱼，很少像欧洲人一样吃烟熏的鱼。当今，他们已发明了一种血滴子般的透明罩，把煮熟的海鲜罩住，另用一管胶筒将烟喷进去。他们不像中国人，后者早就会在锅底熏茶叶，盖上锅盖做烟熏鱼了。

吃鱼真幸福，如果倪匡兄肯跟我去旅行，可以在市场附近买间公寓，天天吃当天捕捉的各种野生鱼，而且算起港币，便宜得要命，他老兄要吃多少都行。

也不必像香港大师傅那么来蒸鱼了，买一个电器的锅子，放在餐桌上，加日本酒、酱油和一点点的糖，再把在香港觉得贵得要命的鱼，一尾尾洗干净了放进锅中。

鱼肚的肉最薄最先熟，就先吃它。喝酒。再看哪一个部分熟了吃哪一个部分。一尾鱼吃完再放另一尾进去，一直吃到天明。

都有谁在吃茄汁

"那一桌的客人要茄汁！"意大利侍者跑来向经理发牢骚。

"什么？一定是美国人，不然就是日本人！"经理摇头。

加盐或加胡椒，已是不敬，遇到傲慢的法国厨子，可能会干脆地说，别做他们的生意。茄汁，现在大概已经变成了低级、没有品位、不会欣赏食物的代名词。

Ketchup 或 Catsup 这个名字，说起来，还是中国人给取的，它由马来语 Kechap 演变而来，但是我们知道马来语其实受到了福建话的影响，这个词是由"茄汁"叫起来的。

到了美国，茄汁可是日常生活中少不了的东西，据悉有一个很有趣的统计，说全世界人类的厨房中，茄汁的出现频率高过盐和胡椒。

可以说美国人吃什么食物都想加茄汁，最普通的当然是热狗了，没有黄色芥末还可以原谅，但少了茄汁，简直吃不下去嘛。

在麦当劳快餐店里，包装成一小袋的茄汁可以任意拿取，客人拿了茄汁，第一件事就是淋在薯条上，再乱挤些加进汉堡包中。哈，那么难吃的东西，是可以理解的。

吃牛扒时，也要淋茄汁。在花园中的烧烤，更是无茄汁不欢。我还看过小孩子喝西红柿汤时，也要加茄汁呢。

最大的茄汁制造商之一，就是亨氏（Heinz）了，据说一年生产六亿五千万瓶，问你怕未？

亨氏这家公司近年来也推出了减糖减盐的茄汁，卡路里减少了近三分之一；又有另一种叫 One Carb 的，少掉 75 巴仙的甜味，适合糖尿病患者食用；最流行的就是有机茄汁（Organic Heinz）了，供应给对食品品质有较高要求的人。

茄汁的古方，传说是亨氏的创始人亨利·约翰·海因茨（Henry John Heinz）在 19 世纪发明的，但我相信是英国人开始做茄汁的，因为他们的食物实在太难吃了。

当今一提亨氏，就等于提到了茄汁。它已经成了一个帝国，甚至要在南美洲各个小国种植西红柿，才够产量。虽然德尔蒙食品（Del Monte）和鸟眼公司（Birds Eye）也出茄汁，但始终敌不过它。

亨氏除了出茄汁，也做婴儿食物、金枪鱼罐头，卖马铃薯和冷冻食品，还卖西红柿的种子，叫作 Heinz Seed，并保证说没有经过基因改造。

茄汁的做法，基本上是用大量西红柿，加醋和西芹等蔬菜，以及众香子、丁香和肉桂等香料，下锅煮成浓浆，装入玻璃瓶中。也不一定完全用西红柿，有一条古方，是用蘑菇来代替的。

有人问亨氏公司："你们的茄汁有没有加味精？"

这家公司的高管回答："已经有糖在里面，可以不用加味精了。"

另一个常问的问题是："一瓶茄汁，打开之后，需不需要冷藏？"

回答是："茄汁酸性极重，本身已是防腐剂，不必放进冰箱里，冷冻了会有水汽，反而容易变坏。"

茄汁不但美国人爱吃，而且也进入了中国菜，什么炒虾仁、咕噜肉，都要用它。

日本人爱跟美国的风，凡是有鸡蛋的菜，都加茄汁，他们著名的蛋包饭，上面一定有一道红红的东西。

连印度人也爱上了茄汁，他们的炒面，要把咖喱酱用茄汁染红。当作色拉吃的青瓜片上，也都要淋上茄汁才过瘾。

韩国菜是较少用茄汁的，他们不像日本人那么"崇洋"，也从来不觉得西红柿是什么大不了的食材。

其实，美国人做的茄汁，一味只是甜，没多少西红柿味，不如直接吃糖好了，毕竟茄汁又不是甜品。

喜欢茄汁的话，可以自己做，买一千克的西红柿，加四分之一千克的苹果，四分之一个洋葱，适量的醋和糖，添些盐、胡椒、辣椒和丁香，加水盖住食材，煮两小时，等汤浓得变成酱，即成。

现成产品，被老饕们公认为最好的是英国 Daylesford 牌的西红柿酱，用有机西红柿制作。亨氏的玻璃瓶包装，一看就能认出，瓶口很阔，但因被浓酱吸住，有时不容易倒出来。

我为"榴"狂

在中国香港，从前榴梿卖得很贵，都是有钱人家特地空运过来的。吃剩了，家里的妈姐 ① 也偷一两粒吃，结果吃上了瘾，到处寻找。再加上到新加坡、马来西亚和泰国旅行的人多了，逐渐引进了这个异国风味，结果开始大量进口泰国榴梿，价钱开始下降。

当今，中国内地许多城市的人，也都吃起榴梿来了。卖海外高级水果的铺子，也要放一两颗榴梿来当"镇店之宝"，但多数已经裂开，不能吃，只是做样子罢了。

榴梿的样子，实在奇特，巨柚般大，浅绿至深绿色，外壳长满短小的尖刺。剥开了，里面分成数格，每一格有一至六粒肉，其中有大粒的核，称重量时连壳带核卖，甚不划算。传说在日本人占领马来亚 ②（Malaya）的年代，军人也吃上瘾来，到市场，也不抢，用钱去买，原只称过之后，吃了肉，再把剩下的壳核称一称，才算钱给小贩，当是公道。

是什么滋味令人那么着迷？讨厌吃榴梿的人一闻到榴梿那股强烈的攻鼻 ③ 味道就会觉得不舒服。据说曾经发生过这样一件事：几个意大利人游旺角，见有人围着买东西，就钻入人群中看究竟，一闻到榴梿的味道，七八人之中，晕倒了六个。

---

① 即女佣。——编者注

② 一般指英属马来亚，规范用词为"马来西亚半岛"。——编者注

③ 攻鼻，味道冲鼻之意。——编者注

真正的榴梿味不能用文字来描述，它的口感像芝士蛋糕那样浓厚，有些人曾经用"躲在厕所内吃芝士蛋糕"来形容，十分贴切。

榴梿生长分布的地区并不算广，主要是少数印度南部地区、菲律宾、印度尼西亚、泰国、马来西亚罢了，别处鲜见。当今南半球的澳大利亚也种了，中国的海南省亦生产，我旧时在新加坡见过榴梿树，现在它们已近乎绝迹。

榴梿大致可以分为两大类。树上熟了，掉落后再吃的，是马来种；从树上折下来，待熟后食的，则来自泰国。因此后者可以出口到世界各地去，而马来种，要等到掉下来后隔天就吃，不然味道全失，果实也开始发酵变坏了，就不能运出了。

歧视也发生在榴梿身上，爱吃马来种的人，认为泰国榴梿根本不入流、不够香，也没有苦味。榴梿的苦，产生于甘甜之后，是一种很特别的味道，最能令人着迷。

自以为懂得吃榴梿的人，以只吃马来种榴梿而自豪，泰国榴梿是不会去碰的。泰国人却笑那些"老饕"见识太浅，泰国种也分贵贱，最高级的，不是当了纱笼就能凑够钱买到的，也许要连脚踏车也当掉，才有资金购入。顶级榴梿树下有守卫荷枪看管，就问你服不服？

我们这些在南洋长大的人，吃过马来种榴梿，当然认为它比泰国的好吃，其实这只是片面的印象，真正讲究下去，马来种之中，也只有槟城浮罗山背地区的最好。在马来西亚有一年一度的榴梿比赛，吉隆坡附近产的什么苏丹种、XO种、D24种，都被公认为比不上浮罗山背的品种，它多届得到冠军奖，可谓榴梿"王中之王"。

到了槟城，我特意到浮罗山实地观察，只见一条弯曲的山路，两旁长着各种各样的榴梿。有趣的是，有些长在路边，还用网罩着，等它们掉下。又有些园主怕掉下后裂开，用尼龙绳把果实一颗颗绑住，要消耗众多的人力，才能有所收成。

在浮罗山背当地买，品种也不够多。要试尽所有品种，不必跑到那么老远去买，在市内反而更齐全。安顺路一块小草地的旁边，停泊着两辆小货车，就是洪福龙的档口了，阿龙卖榴梿又老实、价钱又最公道。

"要吃好的明天再来，昨日下了雨，榴梿味淡了。"如果当天的榴梿质量不够好的话，他会这么劝说。

我到档口坐了下来，对阿龙说："给我一粒最好的，价钱不是问题。"

"没有什么是最好的，全凭个人口味，"阿龙说，"要看你想吃哪一种。"

"我怎么知道那么多？"我反问。

阿龙替我选了一粒。他剥榴梿的方法与别人也不同，不是用扁尖的棍子钻开，而是看准隐藏的裂痕，用小刀削出三角形的口来。刀磨得极锐，像在切豆腐，削完之后，依着裂痕，很容易就把果实打开了。

"这一粒，叫青皮。"阿龙解释道。

试了一口，芳香无比，肉也很厚，口感极滑，比蜜糖更甜万倍。

"这一粒，叫甲比利（Capri），带有酒味。"

果然如饮佳酿，红酒味、白兰地味、威士忌味，都不如这颗榴梿味浓。

"这粒叫榴梿公，这粒叫青花，这粒叫葫芦。"

我一连试过，有的很干身①，有的苦味极重。正如阿龙所说，要指定一个喜好，才能享受到自己最喜欢的味道和口感。

最后试了下来，我心中的天下绝品，是一种叫红虾的。原谅我的文字功力有限，不能详述。我认为所有味道，都是要你亲身感受过，才能一一比较出来的。

旁边草地上，放了数十粒榴梿，我还以为是不合格的，被阿龙丢掉了，一问之下，他回答道："榴梿刚刚运到，还不够土气，应该让它在

---

① 粤语方言，大意为"基本没有汁水"。——编者注

草地上躺一躺，才最完美。"

榴梿用手抓着吃，手上会留下一股味道，阿龙的档口设有一桶水，水龙头一开就流下来，他教我把榴梿壳放在水龙头下，让水沿壳顺流而下，再冲手。这么一来，手洗得干干净净，一点味道也没有，真是神奇。

阿龙跟父亲卖榴梿，已有30多年了，他退休后，儿子也会在那里营业吧？榴梿本来一年只有两季，在阳历七月和十二月，当今的已变种，一年从头到尾都能买到。

南洋水果，美味与怀旧

（上）

对于水果，我极度喜爱；一有喜爱，必有偏见，不可避免。

我认为水果应该是甜的，所以你对我说"这种很好，不过带酸"，或者"酸一点才好吃呀"这种言论，我不以为然。吃水果一定要吃甜的，要酸嘛，嚼柠檬去！

当然，地域的影响很大，我是南洋出生的，所以偏爱热带水果，而热带水果之中，榴梿称王。

数十年前，我来中国香港时，榴梿并不流行，只有在尖沙咀的几间高级水果店里才可以买得到，不像现在满街都是。在南洋住过或常去旅行的有钱人懂得欣赏，买来吃后，剩下的分给家里的顺德妈姐，渐渐地，培养出一批榴梿爱好者。

20 世纪六七十年代香港经济腾飞后，最热门的旅游胜地是"新马泰"，这三个地方都卖榴梿，中国香港人跟着吃上瘾的愈来愈多，那股所谓奇臭的气味变得可以接受了，连超级市场也卖了起来，后来简直是全港"泛滥"了。

但卖的都是泰国榴梿，它的品种和一般的不同，可以采摘下来，等它慢慢熟了再吃，所以海运到香港也不成问题，不像马来西亚的品种，是熟了从树上掉下来后才可以吃，而且只可以保存一两天，等壳裂了，味道尽失，就无人问津了。

马来西亚榴梿的味道当然比一般的泰国榴梿浓郁，而且富有个性，一试就分辨得出。香港人嘴刁，马来西亚的猫山王就流行了起来，一个要卖到 500 港元。

这股风气从中国香港传到内地去，当今内地人也兴起了吃榴梿之风，但还是停留在泰国榴梿的阶段，不过有闲阶级渐多，大家也开始吃猫山王了。

吃猫山王的原因有几种：第一，人们已研发出可以保存一个星期不裂开的品种；第二，名字取得好，又有猫，又有王，好玩又好吃。

其实，马来西亚榴梿的品种愈变愈多，什么 D24，什么红虾，当今又有叫黑刺的，说是最好，我正在组织榴梿团，打算到产地槟城去仔细研究一番。

另一原因是科技发达，冷冻技术已进步到保存几个月的榴梿也不会走味。当今供应给中国内地人吃的猫山王，已有整颗冷冻的和剥了核的，一盒盒装好，都不停地往内地寄，盒装的还供应给制作糕点的人用。

可怜的泰国榴梿，差点被"打入冷宫"，其实，泰国榴梿有那么不好吗？也不是，只不过是大家没吃过好的而已，泰国有高级的品种，在几十年前售价已达上百美元，据说那些榴莲树都有专人拿着霰弹枪在树下把守，我吃过，实在是不逊于任何猫山王。

当今到泰国去找，也不容易。一般在市场买到的都没那么香，而且泰国本地人有种怪癖，像意大利人吃意粉那样追求口感，要带点硬度的才算好吃，我们吃不习惯，咬进口就皱眉头。

除了泰国和马来西亚，印度尼西亚、越南、老挝、柬埔寨等地，也生产榴莲。不过，第一，质量不佳；第二，当地人并不十分看重，不像马来西亚人，说当了纱笼也要买来吃。

榴莲在什么状态之下才最好吃呢？我们这种习惯冷气的人，当然是不喜欢温热的了，就算是在树下吃刚掉下来的，也不如放进冰箱中冷冻一下美味。马来西亚的友人，钻石牌净水器的老板知道我的偏好，把最好的榴莲，刚从树上掉下来的那种，放进一个大发泡胶箱之中，加大量冰，一箱箱运到我面前，啊，那种感觉，真是惊为天物。

榴莲一冷冻，味道就没那么强烈，初尝的人可以接受。而榴莲怎么冻，也不会硬到像石头一样，选核子小的，冷冻后用利刀切下肉来，一片片，像冰淇淋一样，一吃就上瘾了。

当今的榴莲变种又变种，味道已没旧时那么强烈，吃完洗手，用肥皂水冲一冲就没味了，不像从前一样，过了三天还留着味道，这种情形大闸蟹也一样。

叫人拿了榴莲壳放在水龙头下，让水冲过榴莲壳，再流入手中，这样，多强烈的味道也能冲得干干净净，不相信的话，试试看就知道我没撒谎。

张爱玲喜欢吃鲥鱼，恨事就是鲥鱼多骨。我们酷爱榴莲者，恨事是榴莲有季节性，不是任何时间都有得吃，虽然当今可以冷冻久藏，但也不及新鲜的。

解决这个问题的办法，就是在澳大利亚种榴梿，这个在南半球、节令与我们相反的国家，也适宜生产榴梿。荔枝不当造时，澳大利亚有新鲜的运来，最初并不好，皮也容易发黑，后来逐渐变种，现在种出来的品种已经不错，再过数年，一定能长得和中国南方的一模一样。

世界上有很多企业家，这个工作由他们去投资去做就好了，我们，只等着享受吧。

（下）

说了"果王"榴梿，不可不谈"果后"山竹，我不太喜欢，因为多数是酸的，真正甜的不多。

山竹的构造很奇怪，尾部的蒂有几瓣，里面的肉就有几瓣，你下次吃时，可以数数看。

它的壳并不硬，双手用力一挤，就能打开，但还是用刀从中间割开较为美观，里面的肉是洁白的，白得很厉害，而壳是紫色的，也紫得漂亮。小心别让它的汁沾上衣服，否则很难洗掉，所以人们也用它来当染料。

南洋水果中，我最讨厌的就是菠萝了。小时候经过一个菠萝园，采摘了无数个，堆在公路旁任大家吃，没带刀，就那么在石头上摔开了大嚼，吃完发现满嘴是血，原来菠萝的果肉纤维很锋利，把嘴割开了。从此留下了心理阴影，别说吃了，现在提起，我的头皮都会出汗发痒，真是怪事。

火龙果是近些年才兴起的，肉有白色的，也有血红色的，味道淡。越南产的售价很便宜，并不美味。要吃就买哥伦比亚产的好了，皮是黄色的，果肉一定甜。原来这种仙人掌科的水果，欧洲也盛产，在意大利西西里的公路旁就有大把，都没人要。摘下来用刀刮掉刺吃进口，香甜无比。

中国香港人称菠萝蜜为大树菠萝，不止在南洋，新界的农地上从前到处可见。果肉甜，也爽脆，但含有胶质，吃了手黐黏黏的，清除的方法是到厨房取一点火水 ① 擦一擦，但现在到哪里去找火水？

我爱吃它的种子，用滚水煮 20 分钟，取出，去皮，口感像栗子，很香，可以下酒。

有一种水果比大树菠萝小，样子却差不多，叫"尖不辣"，口感像榴梿，果实也可以煮来吃，比大树菠萝美味，当今已罕见，可能是现在没有什么商业价值，无人种了。

阳桃又叫星形果，酸的居多，腌制后加糖做成阳桃水，中国台湾人最拿手，有股奇特的香味，很好喝，卖得最出名的那家叫"黑面蔡"。

南洋种不出荔枝，它是亚热带水果，和荔枝相近的一种水果叫红毛丹，大多数是酸的，甜的清爽美味，不过果肉黐着核的硬皮，嚼后觉得口感很差。红毛丹的外壳上长的毛并不硬，有种带硬毛的叫野生红毛丹，果肉软，不好吃。

芦菇又叫冷刹，泰国产的比马来西亚多，也很甜，果实是半透明色，黐核，吃起来没有满足感，但放在冰箱冷冻后一颗颗剥开，也是可以吃不厌的。

---

① 一般指煤油。——编者注

罗望子，又称酸子，其实不全是酸的，泰国产量最多，新鲜时是一串串的，剥开了豆荚般的壳，里面果实包着几条硬筋，去掉后就可吃其肉，很甜，但核大，吃完吐，吐完吃，味道佳，可以吃个不停。酸的罗望子腌制后变成调味品，南洋人做菜时把它当成酸醋来用。

我最吃不惯的是一种叫蛇皮果的东西，名副其实，其皮像蛇皮，看了倒胃，但没试过的总要吃一吃，发现它虽甜，但有一种我不能接受的异味。算了罢，注定与它无缘。

越南的木瓜，在菜市场中买得到的还是太生，很硬，要揉捏后才变软，剥了皮吃很甜。

释迦，样子像佛陀的头发，英语叫 Custard Apple，是因为口感像甜品中的糕点。香港人称之为"番鬼荔枝"，其实与洋人一点关系也没有。长在马来西亚的品种很小，在泰国生长的品种大一点，更甜。中国台湾人拿去接枝变种，变成西柚那么大，又非常甜，冰冻后剥开，可以取出一瓣瓣的肉来，我最爱吃。

近年来澳大利亚也产释迦，选购时要看皮的条纹是否清楚，要是条纹平滑，一定不好吃，而且有怪味，若是条纹很清楚的，才可以买。

南洋水果，最普通的，莫过于杧果和香蕉了，这两种东西的分布也不限于南洋，远至印度，隔岸到中国台湾，甚至中国南部，也都盛产。

杧果来自菲律宾的最多，早年一箱四五十个才卖 100 港元，引发出杧果甜品潮，像杨枝甘露就是当年流行起来的。菲律宾更有种迷你杧果，叫钻石杧，很香。好吃的杧果多来自泰国，有的清香爽脆，刨丝生吃亦佳，做成杧果糯米饭，更是诱人，一吃便难忘，连日本人也爱吃，后来他们自己研发，在较热的九州岛种植杧果，一个要卖几百港元。

一般公认最香的是印度的阿方索杧果，但中国台湾的土杧，又小又绿又黄又丑的那种，也令我吃得上瘾，一买就是一大箱，天热时拿一张报纸铺在地上，再来一盆水，一把刀，一面削皮一面吃，吃个不停，最后流出的汗也都是黄色的。

香蕉的种类更多了，大大小小，各种颜色，我吃过红如火的，小的像拇指，皮不是竖着剥，而是横向撕开。大的香蕉，真是名副其实的"香蕉船"，能有一米长，要拿勺子挖来吃，核如胡椒，吃的时候吐得满地都是。

因为太普通，也吃得太多，当今已吃得少了，偶尔回到南洋，见有印度人在街边卖炸香蕉，买一条来吃，并不美味，只是怀旧一番而已。

第四章

吃的意趣

海胆　威士忌　海南鸡饭　大锅菜　魔马火腿　汽酒　吃早饭　烈酒

白兰地　味精　茄汁　传统老店　鱼卵与鱼精　料理　水

南羊云吞日本茶　烧猪　方便面　土炮　芝士

水果飞天烧鹅　面　鳗鱼饭　伊比利亚火腿　清酒　牛肉河粉

大排档　鱼　海中宝藏　意大利菜　酱　烧　烤　哈利的酒吧

黑泽明的食桌

最近重看黑泽明在几十年前导演的《用心棒》和《椿三十郎》两部电影，影片中每件小道具都能细嚼欣赏，打斗场面又那么精彩，不禁感叹艺术性和商业性竟然能够如此糅合在一起，实在令人佩服。

如果对黑泽明的生平想知道更多，在一本叫 *SARAI* 的双周刊中有一篇讲他的饮食习惯的，值得一读。

黑泽明的食桌，像他的战争场面一样，非常壮观，什么都有。他自称不是美食家，却是个大食汉①。他说，与其叫他美食家，不如称他为健啖者。

在导演《椿三十郎》时，他在外景地拍了一张黑白照片，是休息时啃饭团的样子。这饭团是他自己做的，把饭捏圆后炸了，淋点酱油，加几片萝卜泡菜，是他的典型午餐。

黑泽明是一日四食主义者，过了八十岁，他还说："吃早餐，是身体的营养；吃夜宵，是精神上的营养。"

给他做饭吃的是太太喜代及女儿和子，黑泽明对她们的要求是："好材料的原味，千万别损害。"

他习惯的早餐有半熟的鸡蛋，有时则做成炒蛋、煎蛋或奄姆烈，一定要用很多牛油。黑泽明有牛油瘾，麦片中也加牛油。其他早餐还有蔬菜汁和咖啡加奶。

---

① 该词来自日语，意为"吃将""大肚汉"。——编者注

黑泽明不喜欢吃蔬菜，说怎么咬都咬不烂，要家人用搅拌机把红萝卜、芹菜、高丽菜打成汁才肯喝。咖啡粉则是自己调的，用哥伦比亚、巴西和秘鲁等地的同分量咖啡粉制成"黑泽明牌"，要煮得浓得要命才算满意。

他在拍片时，午餐吃得不多，除了自己做的炸饭团之外，还吃煮牛肉片、烧蛋、菠菜。饭盒分两层，下面装着白饭，用木鱼屑和紫菜铺着，仅此而已。

晚饭可厉害，什么都吃。黑泽明喜欢吃牛肉是出了名的。传说中，整组工作人员都有牛肉吃，每天的牛肉费用要 100 万日元，而黑泽明爱吃淌着血的牛肉，一天要吃一千克以上的牛肉，等等。他的女儿笑着说："再怎么爱吃，也不会天天吃。爸爸最喜欢的，是带甜味的佃煮[①] 做法，百吃不厌。"

也不是真的每天让工作人员吃掉 100 万日元的肉，不过黑泽明组的确是吃得好。他说过："尽量让大家酒足饭饱，不然怎么有精神拍戏？"

他在家里时常宴请朋友和同事，"亲自"下厨。不动手，但指挥老婆和女儿做，像拍戏一样。咖喱是他家的名菜，咖喱粉自己磨，用的是《红胡子》中研磨中药的道具。炸饭团用的是"Diamond G"牌的沙律油[②]，它是用木棉的种子榨出来的，据黑泽明说，它是天下最好的植物油。他的朋友们说："黑泽在厨房中，就像一个找到玩具的小孩。"

"我做的烩牛尾最拿手，烩牛舌也不错，薯仔和红萝卜不切块，整

---

① 佃煮是一种日式烹饪方式，会将食材与酱油、砂糖和适量的水一同入锅，以文火慢慢熬煮至水分收干。——编者注

② 即色拉油。——编者注

个放进锅煮，加点盐就是。我的煮法，单靠一个'勇'字。"黑泽明说。

等亲戚朋友回家了，黑泽明就一个人看书、绘画、写作，深夜是他的学习时间，肚子饿了，当然要吃东西，"吃夜宵，是精神上的营养"那句话由此得来。这时他不会吵醒家人，自己进厨房炒饭、炸饭团、做茶泡饭等。他最爱吃的还是咸肉三明治，用犹太人的咸肉，一片又一片地叠起来，加生菜和芝士，厚得像一本字典，夹着多士面包吃。再喝酒，他一生都爱的威士忌，黑白牌，但不是普通的种类，而是该公司最高级的 Royal Household（皇家威士忌）。

作曲家池边晋一郎到他家里做客，黑泽明问他要喝什么，他回答说喝啤酒好了，黑泽明生气地说："喝什么啤酒？啤酒根本不是酒！"

做黑泽明的家人也不容易，女儿有本笔记簿，记下每天为父亲做的菜，希望不重复，有时她想不出新菜，问："爸爸，今晚又要吃些什么？"

黑泽明板着脸："一起住了那么多年，连我想吃什么都要问吗？"

电影中的每一件小道具他都会研究一番，家中食器当然也不含糊。汤碗是"人间国宝"黑田辰秋做的，碟子是古伊万里的古董，但是他说："不是价钱的问题，而在于你自己喜不喜欢。一个古时候的食器可以代表那个时代的精神和那个时代的生活水平，不过要使用才有价值。"

至于在餐厅吃饭，黑泽明喜欢的一家店，是在京都开了上百年的老店"大市"，有道菜是用个砂锅烧红了，下山瑞和清酒煮，分量不多，一客要 22 000 日元，黑泽明每次要吃几锅才过瘾。

我也常到这家店去，味道的确好得出奇，介绍了多位友人去，都赞美不已。

另一家是横滨元町的"默林"，刺身非用当天钓到的鱼做不可，烤的一大块牛肉也是绝品。店门牌是黑泽明写的，他葬礼那天，老板还亲自送了一尾立鱼到灵前拜祭。

1995 年，黑泽明意外摔伤，腰椎折断，但照样吃得多。他 1998 年去世，据说最后那餐吃的是金枪鱼腩、贝柱、海胆刺身和白饭，当然少不了他最喜欢的牛肉佃煮。

关于鸡蛋，还有些趣事。20 世纪 60 年代中期，黑泽明还是不太爱吃鸡蛋，但进行身体检查之后，医生劝他别多吃，他却忽然爱吃起来，一天几个，照吃不误。黑泽明说："担心更是身体的毒害；想吃什么，就吃什么，长寿之道也。"

黑泽明活到了 88 岁，由此或许证明他说得没错。

将"好吃"二字拍出来

那天和甄文达聊天，他说全世界的大厨烧菜类电视节目，算起来，有 700 多个。

他本人的节目叫《甄能煮》（*Yan Can Cook*），不管你赞同与否，这也是一个能把版权卖到许多国家或地区的烫手货，观众折服于他切菜的手艺。

世界知名的还有《两位胖小姐》（*Two Fat Ladies*）、《老饕过招》（*Glutton for Punishment*）和《准备、看好、烧菜》（*Ready，Steady，Cook*）等节目，日本的《铁人料理》（*Iron Chef*），做得也很出色。

　　有些节目是主持人烧菜，有些只是介绍餐厅。所有和烹调有关的节目，都很受观众欢迎，观众都喜欢吃嘛，吃不到，看看也好，总比那些只谈政治的有趣。

　　厨艺书也成了一门大生意，到大书店去，都有好几个柜子装满了各国的煮菜书籍，印刷精美。有些人只是买回去装饰他们的厨房，从来都没有看过。

　　很奇怪的事是，所有电视节目或书籍中的菜，没有一碟是热的，绝对看不到菜品在冒烟。

　　热食能激发食欲，但是摄影师或编辑们从来都没有注意到这一点，结果给读者和观众带来了冷冰冰的感觉。

　　这也和拍摄过程有关，常常把热腾腾的菜炒好了摆上桌后，摄影师左打光、右照灯，再把碟边擦擦干净、组织一下菜肴旁边的摆设、背景再加上几块反光板，等等，待他们准备好了，菜都冷掉了，哪来的烟呢？

　　当我要求摄影师把"热"的气氛拍出来的时候，有些摄影师还笨到请周围的人都抽香烟，往食物上喷去，以为这样一来就能看到烟了。

　　这个办法行不通，香烟或雪茄的烟很薄，一下子就散开了，即使抽到大家患肺癌，也拍不出一张好照片来。

　　经验告诉我，要达到这种效果需要几个步骤：第一，背景不能用反光板，应以黑色或其他深色为主色调；第二，摆好位置，等菜一上桌，即刻拍摄，不能等待修饰；第三，要补充烟的话，只可以用干冰，干冰的烟不容易散，拿个茶叶过滤器，用干冰装满，加水，制造出来大量浓烟后即刻放在食物上，这样拍出来才能看得到；第四，当然可以在制版时加上计算机效果，但这种手段不自然，很容易穿崩[1]。

摄影师的感性也很重要，最基本的条件是自己也爱吃东西。对食物没有兴趣的人拍出来的作品注定会失败。

底片的使用更不必说了，我看到许多拍食物的人，隔了好久才按一次快门，那不可能拍出好照片来。底片是最应该浪费的东西才对，捕捉那一刹那，极为重要。

有了好摄影师，也需要好编辑来配合。通常原尺寸大小的食物最诱人，但限于篇幅，编辑一般选用连碟也拍进去的照片，菜肴缩得很小，看起来就不真实了。

应该夸张时就得夸张，我看过一张拍"镛记"的皮蛋的照片，放得像鲍鱼那么大，充满画面，里面的溏心快要流出来了，看起来怎么会不好吃呢？

食谱上的文字，我最反对的是用几茶匙、几汤匙、多少克和几杯水等词。以小撮、大量，或者一块和适当等字眼来代替不行吗？编辑们又解释：这是为初学的读者而写的，非这样说明不可！

天下哪有非这样那样不可的？打破陈规，才叫可以。

与书本不同，电视上的饮食节目可以把有烟的效果很容易地呈现出来，但多数都还是等到菜冷了才拍。这也难怪，工作人员多数很年轻，还没有到达热爱食物的境界。他们最拿手的就是把镜头左右摆动，以为这么一来菜肴就有了生气，看得观众眼都花掉，幼稚得很。

有竞赛的话，才会有紧张感。《铁人料理》就是胜在这一点。这个

---

[1] "穿崩"是方言，意为暴露、戳穿、穿帮。——编者注

节目在美国播送时很受欢迎，但也有一个美国厨子在比赛中输了，告制作人做马 [1]。

厨艺竞赛节目中，评判员的位置非常重要。请个蹦蹦跳跳的偶像歌星来试吃，东西还没有入口就赞好，这也是大败笔。有些真正的食评人长得平凡，口齿又木讷，这也是毛病，公不公平更是大问题。像《铁人料理》，我去做评判员时，制作人曾经暗示过让铁人得胜，我才不管那么多呢！但是，在日本艺能界想生存下去，大机构是得罪不起的，其他评判员就只有乖乖听话了。

怎么把厨艺拍得令人叹为观止，这是一个大学问。至少，也得将"好吃"两个字拍出来。坏在一般的节目却很少做到这一点，尤其是西餐的示范：拿个平底镬，加大量橄榄油，把一个灯笼椒烤熟后又用小刀慢慢切丁，和其他配料一块儿放进钟 [2] 中，拿一根汤匙慢慢搅，一个菜做个半天，看了都倒胃口。

做任何学问，都得博览。很多烹调书籍和电视节目的制作人都不参考外界的数据，所以拍得不好看。只有把天下和各种类有关的内容都看齐了，去掉缺点，吸收好的，才能有一个好的开始，当然，不能忘记的是：煮菜是一种乐趣。加那么一点点的幽默感最为重要。把肉麻当有趣的，就像是大量的油盐味精，会把人吃坏的。

---

[1] 做马是粤语方言，指舞弊，做假行为。又作"选马"。——编者注

[2] 钟，同盅。——编者注

饮食杂志要有追求美食的精神和热诚

几乎每一个大城市，都会出版一本关于饮食的周刊或月刊，提供当地代表性食物，以及餐厅的介绍。

很奇怪的现象是，香港的饮食周刊，一定要加入时装版和化妆品版，与饮食搭不上关系。身在厨房的众多读者，很多无暇管理自己的形象。虽然这可以带来许多奢侈品的广告，但始终有格格不入的感觉。

星马等中文杂志之中，也各有饮食方面的内容，它是一个神奇的秘方，只要投资者有眼光、编辑有实力，一定会生存下去。你可以不买衫着，但每天还是要有三餐的。

吃得好一点儿，是读者的愿望。尤其是随着当今人们生活质量的提高，追寻美食，也是理所当然，而资料从何得来？就要靠杂志了。有时，可供选择的不止一本，到书报摊一看，数册之中，要怎么选择呢？

经过餐厅，看见装修的品位就知道内容了，饮食杂志封面的摄影是很重要的，是不是高手所拍，一看就知道。

翻看内容，编者的照片出现了一张又一张，自己还写了几篇长文和数个专栏，像是整本杂志都由此人一人主办；这种杂志，不看也罢。

要办好一本杂志，的确需要庞大的财力和物力。当今读者的水平已经提高，再不能忍受次货了。有品位好的照片和丰富的内容，销路就会增加，广告也就来了，道理很简单，但有多少本杂志能够做到呢？

我一看到那种为了广告就做专题访问的杂志，即刻想作呕。做人，何必把自己的品格降得那么低呢？虽说大家挣的只是一口饭钱，这无可厚非，但是此处不留人，自有留人处呀！当今的社会，转行不会被斩头的。

除非有大财团支持，不然每一本独立的饮食杂志，都在苦苦经营，撰稿和摄影的人手不足，都是致命伤，但是只要有追求美食的精神和热诚，就算资本不足，也是没有理由办不好的。

首先要了解什么是追求美食的精神，那就是什么都得试，不局限于当地食物。中国有那么多省份，三代人也吃不完，别说还有世界诸国了。当你有这份热诚时，你是不介意多交几位朋友，了解其他地方人的饮食习惯的。

只要你不是躲在洞里面，你就可以和其他地方的饮食杂志联系上，大家交换图片和文字，内容不就可以即刻丰富起来了吗？

喜欢美食的人，不会认定自己是东方人或西方人。人就是人，是一个世界上的人，是一个活在地球上的人。喜欢美食的人，一般都较为单纯。他们会去追求更好吃的东西，没时间去动脑筋害人，这就很容易交上朋友。

不只要在中国有朋友，在国际上也要有很多朋友。编辑部人手不足不是问题，购买外国饮食杂志的钱倒是要花的。当你看到一篇好文章，请求翻译或转载时，对方会被你的诚意所感动，不一定会收你的钱。

连买其他杂志的经费也要省的话，那么在网上找数据就好了。愈具规模的组织，愈不介意你去转载。只是千万别偷，要注明数据来自何处，鸣谢一下，对方是不会告你的。

饮食杂志的老编辑，最好本身是一个很爱吃的人，如果这也不吃、那也不吃的话，马上就会在内容的观点和角度上表现出来。我看过一本杂志主张慢食、健康食和Fusion菜①，介绍的多数是斋菜，就知道主编是位喜欢吃素的人。

中国的杂志，迄今为止，办得最好的是上海沈宏非的《天下美食》，他本人有很多著作，对世界饮食有充分的了解，要求也高。如果其他地方有分量的同行，想和他合作，我相信他也会无任欢迎②的。

介绍名牌的文章，要有主见。首先要在网上收集好周全的资料，再要求做访问，对方会被你的知识和诚意所感动，自然会接受。这班主脑都是知识分子，你是不是在拍马屁，他们一看就知道，欣赏之余，就愿意在你的杂志上登广告。而广告本身也经过设计，不会太过庸俗。

真想看到一本有分量的饮食杂志。不只是读者，出钱做广告的商人，也会这样期待的。

关于日本茶的二三事

初尝日本茶，发现有点腥味，我不觉得太好喝，后来，在日本一住下来，便是八年，对日本茶有了点认识，现在与各位分享。

---

① 即混搭菜式，指的是把不同菜系的烹调原料和烹饪手法结合起来，创造出一种新的饮食风格。——编者注

② 来自粤语，即"非常欢迎"的意思。——编者注

日本茶分为：（1）抹茶；（2）煎茶；（3）番茶；（4）玉露。^①

在日本，茶树经多年改良，茶叶的苦涩味已减少，采下之后即刻用蒸气杀菌消毒，不经过揉捻，直接放进焙炉烘干，然后放进冷库，提高葡萄糖含量。

取出之后切割成小块，放入石磨碾成茶粉，便是抹茶了，当然，根据幼细度、香气和颜色，可分成不同的等级，有不同的价格。

有些人以为抹茶是日本独有的，其实日本的茶道，完全借鉴自唐朝陆羽的《茶经》，几乎没什么变化。各位有空到陕西的法门寺走一走，便可以看到种种出土的抹茶道具，和日本当今用的几乎一模一样，所以如果我们说学习日本茶道，会被人笑话的。

以下是抹茶的喝法（以一人计）：取一茶匙，或者更严谨一点，用2克的茶粉，再用2盎司，即约60毫升的水，在80摄氏度的热度之下冲泡15秒，便可以喝了。

如果依足茶道，便是取了茶粉，放入碗中，加热水，用茶签（像刷子的竹器），花15秒的时间打匀。仔细一点，茶粉要用茶漉，这是种茶筛，来隔掉茶粉结成一团的粒子。

但是一般家庭喝抹茶，取一茶匙的茶粉入杯，冲入不太烫的滚水，便可以喝了，寿司店给你喝的，也是这种做法。

煎茶是日本茶中最普通的，要准备一个人到三个人喝的量，取10克茶叶，放进茶壶，冲210毫升，约7盎司的80摄氏度的水，浸个60秒就行。

---

① 日本茶有不同的分类方法。此处为其中一种。——编者注

煎茶的制法是采下茶叶后，先熏蒸，然后将茶叶揉捻，再烘焙而成。煎茶外观呈翡翠青绿色，口感甘甜，略有涩味，是最受欢迎的日本茶，对茶叶的要求不高，制作方法也简单。

番茶是一个广义的称呼，其中包括焙茶、玄米茶和若柳。

焙茶是制茶技术的一种，目的是去掉茶叶中的水分，提高其香味和保存效果，颜色呈褐色，用的是茶叶，若用茶茎，则称之为焙煎茶（Kuki Hojicha）。

焙茶随意轻松，不分季节。日常饮用时，在冲泡之前放进微波炉中一叮，更能突出茶味，也可以用来自娱自乐，在一个香薰器具中放入焙茶，下面点蜡烛，便有阵阵香味出来，香味比精油自然得多。

正式的泡法是用两茶匙茶叶，240毫升或8盎司的水，在最滚的100摄氏度的水下冲泡30秒，即成。

玄米茶则是日本独有的，在绿茶中混合了烘焙过的糙米，冲泡后有绿茶香气，也有米香。像中国人喝"香片"一样，不爱喝的人，不把它当茶。

最后要说的是玉露了。我初到京都时，就去了"一保堂"。在这家1717年创立的老茶铺中，我们可以喝到一杯极好的玉露茶。什么叫玉露？是在采收前一个月左右搭棚覆盖，避免阳光直射的茶，只采新叶，经干燥及揉捻后制成。冲泡玉露要用低温水，一般是60摄氏度，有些甚至低到40摄氏度。

我第一次在"一保堂"本店喝茶时，桌上有个铁瓶，滚了水，用竹勺取出。怎么样才知道已降温至40摄氏度呢？先把滚水冲进第一个杯，再转第二个杯，最后转第三个杯，便可以装入放了10克茶叶的茶壶中。第一泡等90秒就可以喝，第二泡则不必等，换了三次杯后直接冲入茶

壶，即可以喝。

第一口玉露，喝进嘴中，即刻感觉到这哪像茶？简直是汤嘛！玉露一点也不涩，有海苔的香气，颜色碧绿，含有大量的茶多酚，异常美味，从此我便上了玉露的瘾。

玉露可以算是当今卖得最贵的日本茶，"一保堂"出品的有精美的茶罐包装，外面那张包装纸，是用木板印刷出来的，内容是陆羽的《茶经》，美到可以裱起来挂在墙上。

当今我在家里除了日常喝浓如墨汁的熟普之外，就是喝玉露了。

玉露有个特点，不仅不用高温水泡，还可以用冷水泡呢，通常我会抓三小撮玉露茶叶，放进茶盅，再用依云矿泉水冷泡，等个两三分钟，便可以倒出来喝了，口感比低温水更佳。我当今都是用冷水泡的，君若一试，便知其美味。

至于日本茶的基本知识，有很多人的观念还是错误的。

购入日本茶叶之后，最好是在开封后的三个星期之内喝完，超过了这个时间味道就会逊色，如果再放久一些，简直不能入口。若不能在三个星期内喝完，要放进冰箱保存。

最重要的是，玉露非常干净，又无农药，

第一泡不需要倒掉。

至于日本茶道，那是一件修心养性的事，我们这些"都市大忙人"，偶尔看人家表演一下就可以了。

飞天烧鹅是一顿美味的飞机餐

小朋友问："你吃飞机餐吗？"

"吃的，不吃的。"我回答。

"这是什么意思？"

"一般我是不吃的，遇到好的就吃。"

"你最常乘的是哪家航空公司？"

"国泰、港龙。"

"这两家哪家好一点？"

"港龙比较用心。"

"那你吃港龙的飞机餐吗？"

"不吃。"

"为什么？"

"比较好吃，不一定是好吃。"

"那么不会饿肚子吗？"

"基本上都是三四小时的航线，可以忍得了。上飞机之前尽量吃，这两家航空公司的候机楼，东西做得还可以。一般的难吃，要是在地上吃，还勉强吞得下。"

"一上机就绝食了？"

"也不是，我喜欢吃雪糕，如果有的供应，我就要求吃两个。"

"给的是什么牌子的？"

"哈根达斯。"

"是丹麦雪糕吗？"

"名字听起来像，但和丹麦一点关系也没有，是家纽约的公司，美国人自己的雪糕不突出，取了一个名字像欧洲的牌子，就大销特销了。"

"这么说，就是不好吃了，那你还去吃？"

"没有选择的话，还是会吃的，至少比菲律宾产的好吃。"

"飞机上一般的雪糕都冻得像石头一样，怎么吃？"

"我会向空中小姐要一杯滚水，加两个英国早餐的红茶包，等泡浓了，就倒入雪糕中，溶了才吃。"

"其他呢？"

"国泰有几种芝士的选择，我偶尔也会吃一点羊奶芝士，配上蜜瓜，或者吃一种叫 Quince 的甜糖，很吃得过。"

"Quince 是什么？"

"中文名也是硬安上去的，叫柑橘，其实是一种梨子形的黄色果子，颜色像柠檬。"

"国泰的飞机餐，是那么难吃？"

"你试过就知道，尤其是头盘的那种冷面，一点味道也没有，嚼鸡肉更像嚼发泡胶，鱼不像鱼，那片牛扒又老又硬。我上洗手间时看到空姐皱着眉头，她们不敢出声罢了。"

"港龙的呢？"

"港龙常有所谓名厨设计的餐，但经过冷冻，又解冻之后，神仙也没办法救它。"

"为什么航空公司不肯改进？"

"和他们聊了多次，总厨都说'我们注重的是健康，东西不会吃出毛病'，只有冷冻了加热，蔬菜也要用不容易烂的，像那种最没有味道的绿色小白菜，还有西蓝花。"

"总厨是什么地方人？"

"一到大机构，就一定请德国人或瑞士人，这两个国家的人基本上已不会吃。"

"有没有中国人可以沟通的？"

"也有，向他们投诉时，他们说飞行过程中要冷冻后加热，是没有办法改变的，但是我说，冷冻后翻热也有好菜式呀，像荷叶饭，或者柱侯牛腩，都是愈加热愈好吃，但他们听不进去。"

"是呀，还有其他的呢？"

"红烧猪肉、牛尾、杂菜汤、烤香肠等都好吃，葡萄牙人做的肉类或海鲜的大白烩①，就很适合中西方人士的胃口，他们不是不会做，而是不肯做。"

"有时，会不会是在高空中，没有了胃口？"

"所以要吃刺激一点的，像我从前为一家日本的公司设计了咖喱饭，就大受欢迎，其实印度人做的烩饭 Biryani，像鸡肉、海鲜烩饭，翻焗了又翻焗，更是美味。"

---

① "大白烩"指的是一大锅长时间炖煮的大杂烩。——编者注

"中国其他地方的航空公司呢？"

"从前是出了名的难吃，有时送些饼干给你就算数，现在生活条件渐佳，各个航空公司已经开始提供一些当地美食，像北京飞乌鲁木齐的航线，有手抓饭、小油馕、炒烤肉、手撕羊肉和西域牛仔肉。飞成都的有卤肉锅魁、水饺、宫保鸡丁、回锅肉和鱼香肉丝。飞南京的有鸭血粉丝汤、大碗面、菌菇浓汤面、扬州富春包子、泰州黄桥烧饼。飞长沙的有湘西牛肉丸、东安子鸡、剁椒龙利鱼、香芝麻乳鸽汤、雪菜鸡肉、螺纹粉、牛肉蝴蝶粉。飞厦门的有沙茶面等，都已经克服了冷藏解冻的难题，香港的航空公司还要推说这不行那不行。"

"国际航空有什么吃得最好？"

"最好的应该是大韩航空了，他们出了杂菜饭，加麻油、辣椒酱，又刺激又美味。"

"你自己吃的哪一顿最好吃呢？"

"最好是带一只飞天烧鹅了，当今在机场离境大堂的正斗，可以买到，吃不完分给空姐，她们都会满脸笑容，哈哈哈哈。"

绿色包装，不可不试

儿时跟妈妈到市场买菜，哪见过塑料袋？用的都是咸水草。

咸水草不是长在海里，而是长在咸淡水处，时常见到溪边一丛丛的草，有人那么高，还以为是芦苇呢。

收割后绑成一扎扎，每扎约七八千克，放在杂货店里，传出一阵阵的草香，闻了就会着迷。

"是哪里来的？"我问妈妈。

"东莞。"她说。

"东莞在哪里？"

"中国广东呀！"

哇，厉害！那么一捆草，漂洋过海，来到了热带。南洋小贩都学会用了，熟练地抓起一把菜，用大拇指一压，把草尾一端绕了三圈，松开手指，大力一扯，就牢牢地把菜捆住，交给客人，看着神奇得不得了。

小贩们都是力学专家，扎白菜、扎萝卜、扎茄子，重的那边绑三分之一，坠落的力量就能平衡。咸水草柔软又结实，提在手上，一点也不觉得痛。

过节，看小贩们用咸水草绑粽子，更觉神奇，草和粽叶都有香味，滚水后令粽内的米和肉更香。

螃蟹给咸水草一扎，动也不动，又不会弄死它，但有些害群之马利用它一重重地捆绑，增加重量，这不是咸水草的错。

看得更令人折服的是用来捆豆腐，妈妈买了两方，小贩先用朴叶包住，再以咸水草扎之。朴叶有两只手掌那么大，当今也和咸水草一样不见了。

什么？也可以扎鸡蛋？原来是用残旧报纸，折成漏斗形，把五六个鸡蛋包了，再用这个老朋友扎住，就行了。

还有，用咸水草提奶茶、咖啡，听说过吗？咖啡档口每天用多罐的炼奶，开罐头的工具尖端有一枝尖刺，插进罐头正中央，跟着开罐器的柄上有个尖锐的三角，用力一旋，就开了。

空的铁罐存起来，如果有客要外卖，就把冲好的咖啡或茶倒进去，用一根咸水草在穿洞的盖底打一个大结，合上盖，就那么让客人提着走。

生了病，妈妈带我去一家叫"杏生堂"的药店，请医师把了脉，开个方。伙计们在柜上铺了一张张的玉扣纸，量了分量，抓好草药，一包包地包起，再用一根咸水草扎好。药方折成长条，绑在草上，结了一个结。

那张纸，拆开后拿来练毛笔字，玉扣纸真好用。妈妈说："从前人家拿来擦屁股。"

旧报纸最常见，甚至今天英国人还拿来包炸鱼薯条，有了那阵油墨味，才地道。旧杂志更是好用，一张张撕下，卷成一个尖圆筒，印度人抓一把炒香的小绿豆装进去，一筒一角钱，吃个不亦乐乎。

香蕉叶又长又大，最好用了。叶干很软，用一把马来人称为"巴冷"的开山刀轻轻一挥，就掉下来，接着以利刃割开叶中间的长茎，采出两片大叶来。用湿布抹个干净之后，便可包食物。

最典型的是马来人的早餐椰浆饭（Nasi Lemak），饭一旦加了椰浆，什么劣米都会煮得精彩。饭上加几尾炸香的公鱼仔，一片青瓜上面摆了又甜又辣的叁巴酱（Sambal），就此而成。

以香蕉叶包了，在微温中焗出叶的香味，和白饭配合得天衣无缝。但香蕉叶容易破开，当今有些马来小贩先以塑料纸铺在叶上再包，滋味尽失。

吃印度饭时，没什么碗碟刀叉，把大片的香蕉叶在地上一铺，添了饭，淋咖喱汁，就那么用手抓起来，一切从简，节省时间又环保。虽然原始，但我相信有一天人类会回归这个方法进食，当一切都被污染之后。

椰叶又长又细，本来不是什么上乘的包装用品，但味道实在很香，马来人就想到把鱼和咖喱煮得稀烂，酿进叶中，再放在炭上烤。固定两端的是两根细竹签，拔出后打开椰叶，露出香喷喷的鱼饼。后来有人偷懒，以钉书钉钉住两头，这种方法虽然环保，但一不小心吃进肚，插了个洞也不出奇。

除了包泰国甜品、包沙嗲饭，椰叶还有很多作用，近乎"万能"。

和椰叶很相像的是亚答叶，这是一种只长叶不生干的棕榈科植物，故长得不高，方便采摘。叶子和叶子之间会长出透明的树子，用糖腌制了很好吃，又甜又韧，比嚼香口胶好得多。以亚答叶包住屋顶，能挡阳光和防漏，样子又十分好看，我喜爱得从南洋大批运来，封住我家天台上小屋的屋顶，可惜技术不佳，经一次三号风球^①，已吹得稀巴烂了。

天下最爱的绿色包装品，是一种棕榈树的枝干，干枯后一片片剥下，取用连着主干上那块最大的部分，切成长方形，就可以用来包食物了。

新加坡还有一档"老顽固"的小摊，叫"肥仔荣"，位于加冷区的旧羽毛球场隔壁，那一家人以炒伊面而著名，但在现场吃并没有那么好吃，反而要吃打包的。

他们到现在还坚持用棕榈皮来包炒伊面，再用咸水草扎。加了糖醋腌渍的青辣椒和大量猪油渣，热气还能把叶子的香味焖进面中，真是天下美味。

趁它还未消失，快去吃吧，请酒店司机替你买回来，躲在房内欣

---

① 风球指中国香港的热带气旋警告信号。——编者注

赏。我没骗你，那是仙人食物，人生之中，不可不试。

绿色包装万岁！

海中宝藏

当全球变暖，大气层受污染的情形愈来愈严重时，我们的食物会逐渐消失。

本来海洋中有大量鱼虾，但贪婪的人类过度捕捞，很多鱼濒临灭绝。举个例子，倪匡兄数十年前在上海的海边，看到过一片金黄，原来是大群野生黄鱼杀到，但当今市面上的黄鱼，几乎全是养殖的。

是的，鸡、羊和海鲜都可以养殖，但当粮食减少，已不够人吃时，怎会去喂其他动物呢？

陆地上的蔬菜，因天气干旱，施的农药过多，又因为人类改造它们的基因，也许会对人体有害，那时候怎么办？你可能会说，可以在温室种植有机的呀！但温室也要靠石油作燃料来保温，那么无限量地抽取，石油枯竭是必然的事。

等有一天，弄得什么东西都没得吃的时候，我们就要靠剩下的"海中宝藏"——海洋植物了。

洋人一听到它们就会恶心，甚至有些东方人也会说："那么腥的东西，怎么吃啊？"

错了，它们美味至极。而且，我们吃这些海洋植物，已有悠长的历史，还创造出饮食文化来。

自古以来，潮州人就有一道肉碎酸梅紫菜汤。将水滚了，放两三颗盐渍的软酸梅，挤破，熬一熬，待水再滚，放入肉碎一灼。第三次滚后，加入紫菜，熄火，即成。

这道汤刺激食欲，味道又鲜甜，好喝得很；吊味的，全靠紫菜。

紫菜就是一种海洋植物，含大量铁质，氧化后呈紫色。摘取后压成片状，晒干即成。

叶子很长的海带，广府人也会将它切成片，和绿豆、陈皮及汤圆煮成甜品。

北方人也会吃海洋植物，我有次到青岛，看见渔民大量种植海藻，一箩箩捞起来到市场中卖。

日本人也欣赏海洋植物，他们在近100多年来才开始大量吃肉，从前主要食鱼，对海苔海藻类当然也很熟悉。他们把海床叫作"藻场"，又称之为"海中林"。

先从紫菜谈起。他们称之为海苔（Nori），这个发音也有浆糊的意思，可能旧时的浆糊也是用海苔做的。海苔最初是从海边的岩石缝里刮下来的，之后人们也开始大量种植，年产量有40万吨左右。

幼细的海苔捣碎后铺在一片片的竹箩上，晒干即成。最出名的是"浅草海苔"，这可能和他们拿到浅草寺所在的街上卖有关，另有一种说法是旧时浅草区靠海，海苔因在此采集而得名。

别以为就是一片紫菜那么简单，浅草海苔的质量分特等、优等、一至四等和"等外"，共七个等级。以光泽、形态、重量、干燥度、夹杂物多少等来判定。高级品的售价令人咋舌，至于"等外"，是不入流的，当今多数由韩国进口，但依我看，韩国的野生海苔，说什么也好过日本养殖的。

一般都原汁原味地吃，海苔本身已有咸味，当今的即食紫菜是加工的，一食不能罢休，最后满口糖精和味精，可免则免。

优质的岩石海苔渍成酱，用玻璃瓶装成一罐罐的，有时也加海蜇、海胆或鱿鱼来腌制，但还是不加其他东西的好，拿来送粥，一流。

接着谈谈很多人吃的海带，日本人叫作昆布。愈冷的海域，昆布愈肥壮，有的可以长到 20 米长。人们会把它晒干了叠成片出售，食时浸水还原。

日本人特有的汤，叫"出汁"，都是靠昆布熬出来的，类似于我们的上汤，做什么菜都要加一点儿。

最出名的是北海道产的"利尻昆布"，又甜又香。在制造工厂中可以看到，匠人用醋把干昆布还原后，用一把刀刮去第一层表皮，此时昆布带黑色，叫 Kurooboro，再刮到看见白色的丝，此时就是用来做汤料的 Tororo，另外还可以刨出一层透明的薄片，用来包醋渍鲭鱼寿司。

把昆布用醋、盐和糖烹调，叫作"佃煮"。最高境界是用一个砂锅，锅底铺上一大片昆布，上面放豆腐，其他一概不加，做出来的就是京都寺庙里吃的那种汤豆腐，甚有禅味。

昆布很硬，就那么吃的话，要吃它的幼芽，日本人叫作"若布""和布""稚海藻"（Wakame），可以煮汤、浸醋或当成沙拉生吃，口感爽脆，味香甜。

比若布小，又细又长的是红藻类，叫作"天草""小凝菜""鸡冠菜"等。我们到寿司铺去，师傅会先拿几撮红颜色的海草铺在碟中，上面再放刺身，铺的就是这类海中植物。细如发的叫"海素面"，韩国人也吃，用来和小生蚝一起煮汤，清甜无比，口感有如吃发菜。

天草煮了，变成"寒天"，就是广东人叫作大菜糕、福建人称为菜燕的食物，比啫喱硬，较蒟蒻软，是第一流的甜品，变化多端，印度尼西亚人也爱吃，叫它 Agar-agar[①]。

日本九州岛的老百姓，早餐一定要吃一种叫 Okyuto 的小菜，用天草制成膏，切成一片片，配以面酱和葱花，铺上木鱼丝，味道不错。

另有一种也像发菜的水草，叫 Mozuku，汉字写作"水云""海云""海藻""藻付"，是日本冲绳岛的特产，一般加了醋吃，变化不多。冲绳政府请中国香港的"铺记"推广此物，甘老板创出多道以它烹饪的中国菜，但还是没有受到广泛的欢迎。冲绳岛还产"鹿尾菜"（Hijiki），它比天草类肥大，加糖醋腌制，还算可口，日本早餐中经常出现。

冲绳岛最好吃的是"海葡萄"，一串串的，像迷你葡萄，口感甚佳，是素食的珍贵食材。

有人说，世界上的人，冲绳岛人最长寿，皆因吃这些"海中宝藏"。看样子，非得多吃不可了。

海洋植物中的碘质及各类营养素含量极高，昔时儿童生"痄腮"[②]，也要多吃紫菜补充营养。它们也可制成化妆品，法国一个知名护肤品牌的很多产品都由海藻制成。海藻又是一种润滑剂，在日本做人体按摩，频繁用肥皂会伤害技师的皮肤，结果都用海藻液来代替肥皂了。

---

① 即琼脂。——编者注

② 即流行性腮腺炎。——编者注

大排档里有美食，也有当地人讲故事

收费台奈飞（Netflix）有一个叫作《街边有食神》（*Street Food*）的节目，内地译为《街头美食》，它是由《主厨的餐桌》主创者大卫·贾柏（David Gelb）拍的，第一季讲述了泰国曼谷、日本大阪、印度新德里、印度尼西亚日惹、中国台湾、韩国首尔、越南胡志明、新加坡和菲律宾宿雾等地的大排档和当地人的故事。

很明显，制作人受到了陈晓卿的《舌尖上的中国》以及《风味人间》的影响，因为之前奈飞的饮食节目主要讲旅行和餐厅，较少提及"人"。

食物是一种感情的寄托。人离不开吃嘛，但是人思乡呀，人努力奋斗，终于成功了，这些情况，如果总要以哭哭啼啼的场景来表现，制作人就容易忘记这是一个还是要靠商业因素来存在的节目，而节目一沉重起来，就容易离开观众。

《街边有食神》拿捏得刚刚好，其中有一两集比较催泪，但没有《舌尖上的中国》（第三季）那么厉害，总的来说，还算是看得过的。奈飞很会选片子，先把《风味原产地》挑去尝试，获得了成功，才下此决策。

第一集讲泰国曼谷，主要人物叫"痣姐"，一个73岁的瘦小老太太，脸上有一颗大痣，头戴飞行员眼罩防烟，从早炒到晚，简直是一个卡通片中的人物。片子从她如何买食材，讲到如何创造菜式，一步步踏上饮食名人之路。她最拿手的当然是最便宜的炒泰国粉（Pad Thai），一直发展到以本伤人的蟹肉煎蛋，看得令观众想专程去曼谷一趟了。

节目中还有我最喜欢吃的干捞面，把两团很小很小的黄面条烫热，用猪油和炸蒜蓉捞拌，上面铺着炸云吞、叉烧、肉碎、鱼饼、肉丸等，总之料多过面。从前还有螃蟹肉呢，但客人认为不必画蛇添足，这些"简朴"的食物就已经够了。

第二集讲日本大阪，那里卖的是八爪鱼烧、御好烧等，并不是什么可以引你上瘾、一吃再吃的东西，和我们印象中的各种美食不同。主要讲的是街边的一家居酒屋式的大排档，特别之处在于人物的魅力。这里有个健谈的老头，在市场看到什么便宜就买什么，回到大排档，用他粗糙的方式做出来给客人下酒。他在节目中讲述了自己辛苦奋斗的经历，用他独特的幽默方式叙述，可我觉得实在是有点闷。

第三集讲印度新德里，那些街边小吃更不是什么值

得专门去尝试的，这当然是我个人的偏见。薯米团子浸在糖浆中，如果不是你从小吃到大的东西，一定不会想去碰。

烧肉串也到处都有，并不一定在街边才能吃到，这一段只讲小贩和环境的斗争。

第四集讲述菜市场中一位 100 岁还在卖甜品的老太太，片子播出时她已经去世了，但传奇尚在。印度尼西亚的甜品是令人眼花缭乱的，我第一次去就看到 300 多种，回来告诉朋友，却没有一个人相信。印度尼西亚的饮食文化实在深远，又因为在热带，食材随处可见。

片中还提到用大树菠萝做的各种菜包，另有肉丸子、印度尼西亚炒饭、木薯面条等。

第五集带我们去到中国台湾小镇嘉义，那里有出名的火鸡饭，还有沙锅鱼头，在一家叫"林聪明沙锅鱼头"的店里。女店主与上一代人斗争和妥协的故事非常感人，食物好不好吃不知道，但我一定要亲自去试一试。

另外一定要试的是非常特别的嘉义羊肉，这里的店主要戴上面罩，把特别品种的羊肉斩件加药材放入瓮中，再用泥土封瓮，放进烧瓦的窑子中，炖三天才取出。喝下一口汤，就像店主说的，可以"打通任督二脉"。我看到这一集时大叫，为什么我在中国台湾时没有人告诉我有这一道菜？即刻决定专程去一次，看这个节目的收获，就已值回往返票价。

第六集讲韩国首尔广藏市场中一位卖刀切面的大妈，故事当然感人，所有当小贩的大妈都有那么一段故事，不过广藏这个菜市场非去不可，要吃什么都有，像酱油螃蟹、辣炒年糕等，这市场吸引你的，不是小贩，而是美食。

　　第七集讲越南胡志明市，有一档专卖各类贝壳的店，其中炒钉螺最突出。钉螺这种食材我在中国内地和中国香港吃了都出过毛病，讲越南面包的一段倒深深吸引了我，我知道吃了一定会上瘾的。

　　第八集中的新加坡是老生常谈，而且熟食中心的小贩卖的食物只是有其形而无其味。

　　第九集的菲律宾宿雾也不算特别。

　　《街边有食神》怎么漏掉了中国香港呢？

　　因为中国香港已经几乎没有街边大排档了。日本福冈以大排档招揽游客，许多外国朋友一到中国香港就要找大排档，但找不到。好好考虑恢复大排档的事吧，会让香港人赚钱的！